编委会

主　任：薛保勤　李浩
副主任：刘东风　郭永新
编　委：（按姓氏笔画排序）
　　　　王勇安　王潇然　毛晓雯　刘蟾　刘炜评
　　　　那罗　李屹亚　杨恩成　沈奇　张炜
　　　　张雄　张志春　高彦平　曹雅欣　董雁
　　　　储兆文　焦凌
审　稿：杨恩成　费秉勋　魏耕源　阎琦

诗词里的中国

诗词里的
至情人生

王潇然 著

陕西师范大学出版总社 西安

图书代号　WX24N1089

图书在版编目（CIP）数据

诗词里的至情人生 / 王潇然著． －－ 西安：陕西师范大学出版总社有限公司，2024．8． －－ ISBN 978-7-5695-4551-7

Ⅰ．I267

中国国家版本馆CIP数据核字第20248E6M93号

诗词里的至情人生
SHICI LI DE ZHIQING RENSHENG

王潇然　著

出版统筹	刘东风
选题策划	郭永新　焦　凌
责任编辑	陈柳冬雪
责任校对	焦　凌
封面设计	微言视觉 | 沈　慢
封面绘图	克　旭
出版发行	陕西师范大学出版总社 （西安市长安南路199号　邮编 710062）
网　址	http://www.snupg.com
印　刷	中煤地西安地图制印有限公司
开　本	710 mm×1020 mm　1/16
印　张	17
插　页	2
字　数	204千
版　次	2024年8月第1版
印　次	2024年8月第1次印刷
书　号	ISBN 978-7-5695-4551-7
定　价	88.00元

读者购书、书店添货或发现印装质量问题，请与本公司营销部联系、调换。
电话：（029）85307864　85303629　　传真：（029）85303879

自序

有人说新闻与日记更适于表达现在，而文学与诗歌则更适于讲述历史，因为文学与诗歌的表达对象的时间长度感更强。当我们努力搜寻、解读过往经历的方式时，其实就是在寻求一种熟悉而稳定的心理回归。我并不认为这种心理有丁点复古的企图，它只不过是在追寻已经远逝了的时间时，能让内心躲过新生事物的陌生感带来的不安和恐惧。这本书就是这样，它不是要带着读者去怀旧，而是要通过文化溯源，理清我们传承的脉络，以找到我们之所以是我们的原因，从而为明天树立信心。

我们知道，从《诗经》《楚辞》开始，无论是汉赋、乐府、六朝骈文和古诗，还是唐诗宋词元曲与明清小说，虽不断有新的要素介入并形成了不同的文体形式，但在言志、咏物、教化、讽喻、颂扬和娱愉等目的的转化中，"抒情"一直都是中国文学，尤其是中国诗歌的情结所在。这来自中国人与生俱来的家国情怀，这种情怀被进一步融入这个民族的血液之中，终使一种"为情所困"的风流与落寞，成为中国古代诗歌中最独特的一道风景。

也正因为此，古代诗歌的风景有一多半来自儿女情长。"锦瑟无端五十弦，一弦一柱思华年"，诗人李商隐将低回的情话化作绵绵的诗行，诉说了一种与"春蚕到死丝方尽，蜡炬成灰泪始干"一样浓烈的情感。多情的崔护追寻"去年今日此门中"的"人面桃花"，钟情于一次邂逅后的春风笑靥。那种去了又回、欲走还留、欲罢不能的真挚情愫，映红了城南庄里的"小芳"，也映红了长安城外的子午古道。古道上，"一骑红尘妃子笑"回响在大唐的天空，一位盛世君主的刻骨柔情被抛撒在了连绵不绝的秦巴山中。

还有一半风景是友情。试想，假如没有"海内存知己，天涯若比邻"的吟诵，"城阙辅三秦"的青砖还会不会有如今这么沉重；假如没有高适的"莫愁前路无知己"，也就不可能让董大尊享"天下谁人不识君"的美誉，而把这位陇西琴师宣扬得尽人皆知；假如没有"十里桃花，万家酒庄"的想象，今天的桃花潭似乎也不会比其他的河泽更为别致。诗人的友情中蕴含的真情和深情环环相扣，融入诗行，把那个时代的眷恋和感伤刻进了历史的年轮。

然而无论是恋情还是友情，都是古人借以抒发家国情怀的一个媒介。它总是在缠绵迷离之外，还能让人获得一些独善其身、兼济天下的启示，从而体现出"穷不失义，达不离道"的人文精神，为生活增添一股满满的正能量。

"问世间，情为何物，直教生死相许？"在出世入世的浮浮沉沉里，在生生死死的爱恨情愁中，"情"字深刻而又家常，除了遁入空门，就没有人能回避。把诗归为情，或者把情归为诗，都是对它的拥有者最高的褒奖。诗人们把世事轮回、境遇交替，落脚在一个"情"字上，或者是归结为了一个"情"字，这无疑是对人生际遇最为人性化的总结。情一直以来都是人性解放的主要追求，对情的解释、坚守和崇尚，贯穿了人类文明史的发展进程，并且成了每一个发展阶段最鲜活、生动的对照物。比如在婚姻关系中，是否有爱，就是原始与文明的分野；能否爱己所爱，就是落后与进步的区别。历史禁锢，禁锢的是情，而人类解放，解放的首先也是情。所以说，人类在文明进程中所不断追求的人权希冀，无不在于为了诠释这个"情"字。对于情的崇尚，构筑了善恶美丑的价值判断；对于情的解释，厘清了好坏对错的范畴边界；对于情的抒发，更是确定了忠正奸邪的评价标准。

《毛诗序》开篇即讲："诗者，志之所之也。在心为志，发言为诗。情动于中而形于言"。它为诗歌指明了寄情言志的基本定位。当然，诗中的情就是诗人的情感、情怀、情绪、情思与情结，可以说，都是人情，或者讲，都是以人为本的情，如爱情、友情、亲情、乡情，还有豪情、欢情、私情、悲情等，而这些喜怒哀乐的自然表达，便是本书的焦点所在。

目录

豪情　酒酿的豪情千年醇 1

人生得意须尽欢 2
诗酒风流奏响盛唐之音

金樽清酒尽余欢 12
诗仙狂歌吟唱出最美和声

纵死犹闻侠骨香 22
文弱的胸怀拥抱着刚强的雄心

目送归鸿笑复歌 34
得志不得意，失意不失志的人格理想

友情　一生难求的期盼 47

君子之交淡若水 48
在家靠父母，出门靠朋友

高山流水千年调 64
山河不足重，重在遇知己

一杯成喜亦成悲 74
相逢是缘，把酒多言欢

晚岁当为邻舍翁 88
相忆今如此，此夕有此心

爱情　许你一世浪漫 101

众里寻他千百度 102
月上枝头，爱在心头

思君如流水 114
待得团圆是几时

喜新厌旧帝王心 130
后宫嫔妃的愁与怨

杨柳含烟灞岸春 144
年年攀折，年年伤别

乡情　羁旅途中的深情回望 155

竟夕起相思 156
露从今夜白，月是故乡明

故园东望路漫漫 167
乡情最深，牵挂最长

思归声引未归心 179
玉笛横吹，杜鹃啼血

少小离家老大回 191
叶落归根，倦鸟归林

别情　宦游路上的时代悲歌 203

多情自古伤别离 204
说出你的落寞和相思

难酬蹈海亦英雄 216
　　不惧生死别离的慷慨与豪迈

风吹柳花满店香 228
　　且饮且歌且行且舞中的潇洒与浪漫

不向空门何处销 238
　　别去喧闹的凡心，只为醉心于林泉

一别心知两地秋 248
　　怎样的船才能载你渡过时间的河

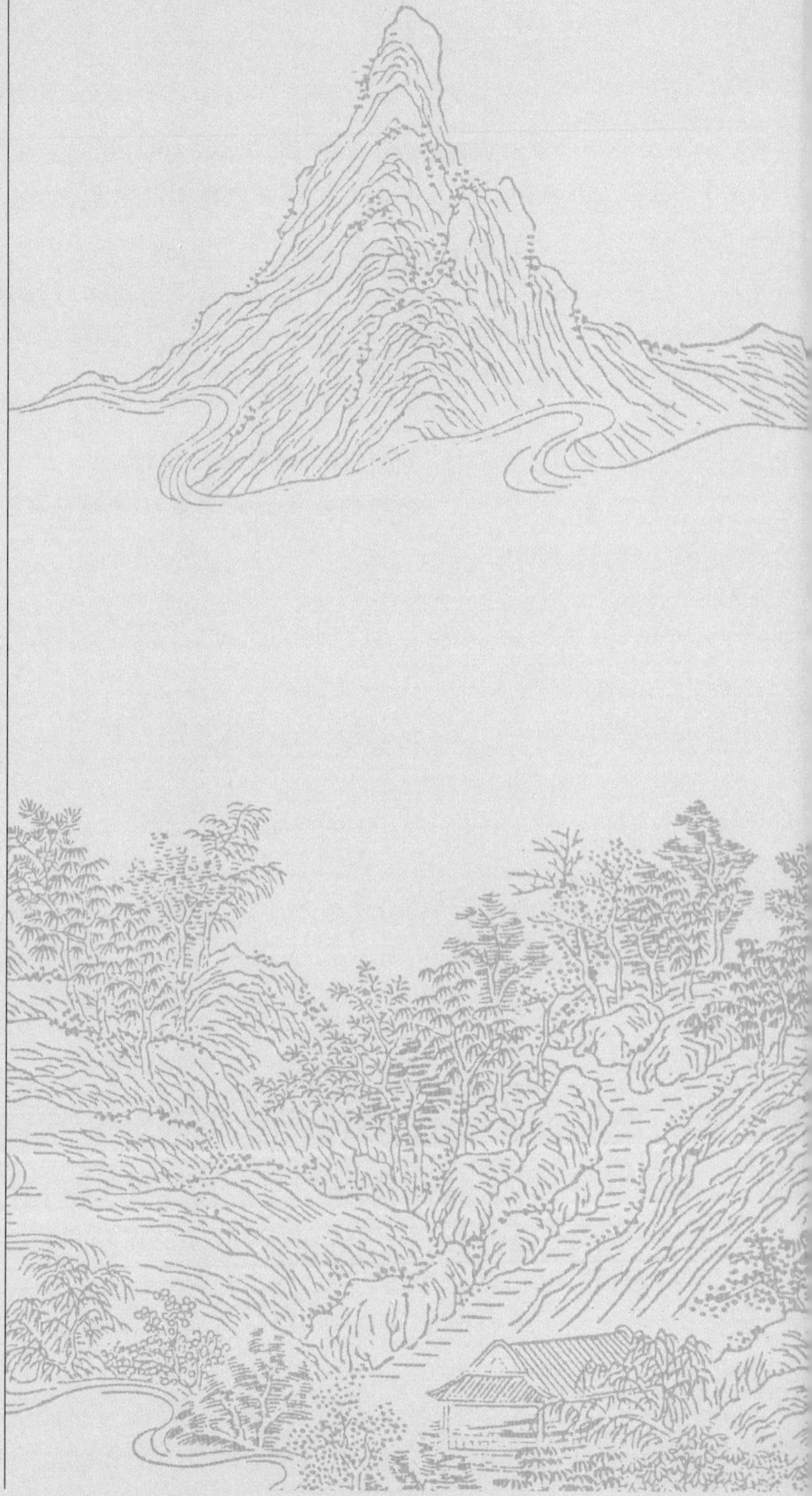

豪情 酒酿的豪情千年醇

文人的勇气与剑气，源于对文化信仰的坚守，而那些『愿将腰下剑，直为斩楼兰』『纵死犹闻侠骨香』等豪迈的诗句，也都印证了诗人们文弱的身躯里挺立着的铮铮傲骨。孤独悲怆的陈子昂，心里满载着忧怀天下、志在千秋的豪迈志向，而他的感怀也是文人们拥有的共同情怀，所以才有『目送归鸿复悲歌』这种得志不得意、失意不失志的伟大人格理想。更为重要的是，这些诗句里所彰显的方丈豪情，也正是潜藏在中华文化中的DNA，仍在世代传承。

人生得意须尽欢

诗酒风流奏响盛唐之音

"酒入豪肠，七分酿成了月光，余下三分啸成剑气，绣口一吐半个盛唐。"（余光中《寻李白》）

现代诗人余光中以李白为原型，用诗酒与豪情为我们塑起了一尊古代文人的雕像。那种醉饮人生的潇洒、仗剑天涯的豪放，都被他浓缩在月光中，从而营造了一种浪漫与酣畅的意境，让我们在品读那些诗句时也不免沉醉其中。

诗与酒结伴，虽然并不一定是我们的专利，但是在中国，两者产生的历史几乎都和文明的起源一样久远，尤其是到了唐代，经过一大批诗人的生动演绎后，诗酒风流更成了一种彰显盛世气象的人文景观。

　　盛世气象有两个物化的代表，一个是酒，一个是色。浓烈的酒香、四溢的酒气和无羁的酒态，让那个时代浸染上了一股无与伦比的豪气；色则是心怀、情感和风景的汇总。两者合二为一，组成了盛世满眼春光的图像，并使一个沐浴在朝阳里蒸蒸日上的王朝因此成为鲜活的存在。而酒和色，又无一不是最好的诗材。

　　有人说，唐诗的情境有两端：一端是风流，一端是落寞。然而所有的风流与落寞，都是酒的好友。它们常常由酒而起，再借诗而发，寄托在大唐的山山水水之间，深藏在唐人的羁旅行役之中，也表达在了盛世里那些雍容华贵的眉眼之上。

　　白居易说："取兴或寄酒，放情不过诗。"（《移家入新宅》）权德舆说："看花诗思发，对酒客愁轻。"（《二月二十七日社兼春分端居有怀简所思者》）可见葛景春所说的，"诗是酒之华，酒乃诗之媒"（《诗酒风流赋华章——唐诗与酒》）应是有几分道理的。当然，有人也说"无诗酒不雅，无酒诗不神"，讲的也是两者的依存关系。

　　酒在引发诗兴的时候，奇妙如魔幻师一般。有道是："酒肠堆曲糵，诗思绕乾坤。"（杨乘《南徐春日怀古》）酒一旦进了柔肠，经过九曲十八弯之后，便会生出一缕缕诗人的思绪，然后开始在天地之间徘徊，在山河之间上下翻飞，于是星月繁简、草木枯荣，世态冷暖、人情亲疏，无不活灵活现地呈现在了眼前。一时间山舞银蛇、原驰蜡象，天地万物全都有了动态图像，也如醉了一般。任由那"鬼神守其幽，日月星辰行其纪"（庄子《庄子·天运》），反正诗人已经"形充空虚"了,整个世界也都变得好像似有似无一般。

酒的意象是狂放、热情、反抗和生命与人性的释放,是一种精神自由的表达,是一种自我本能的表现,而这也正是唐诗富有的显著特征。盛唐那种浪漫、高洁、自由、纵情的社会状态,不仅让诗人成了酒肆中的嘉宾,也成了酒乡里的常客。他们借着酒的双翼,翱翔在那个精神解放的时代里。诗、酒与唐朝,浑然天成,成就了千年前的经典组合。

对于唐人来讲,酒是诗的催化剂,诗又是佐酒的爽口菜。酒色、酒香,点点滴滴融入诗中,就浇灌出了贝阙珠宫般的诗情画意。对我们而言,品诗其实也是在品酒。远古的陈酿,让人满怀醇香。

"岂唯消旧病,且要引新诗"(姚合《乞酒》),一切皆源于酒。"闲停茶碗从容语,醉把花枝取次吟"(白居易《病假中庞少尹携鱼酒相过》)展现的也不仅仅只是白居易一人的诗酒生活,那种"醉复醒,醒复吟,吟复饮,饮复醉,醉吟相仍,若循环然"(白居易《醉吟先生传》)的生存状态,俨然就是盛唐气象的一个缩影。

盛唐是什么?面对这个问题,如果从政治、经济、军事以及文化等方面衡量,我们能够给出各种各样的数据或征象,然而这都很难说清楚它的那种"盛"的状态。我赞同余秋雨的说法,在他看来,盛唐就是一种心态。他说:"盛唐,是一种摆脱一元论精神控制后的心灵自由,是马背上英雄主义的创造性欢乐,是具有极高审美水准的艺术聚会,更是世界多元文化的平等交融与安全保存。"李白说:"三杯通大道,一斗合自然。"(《月下独酌四首》其二)其中也有对盛唐的理解。在他看来,"天人合一"才是最高的精神境界。

由此，如果说盛唐之盛就盛在诗酒风流之上，似乎应该也是贴切的。而大唐留给我们很多人的第一印象也正是风流。

所以，大唐的风流肯定是少不了酒的。就是因为酒，才有了那时恣意纵情的诗风，而大唐，也就永远被灌成了醉醺醺的模样。他们喝醉了自己，灌醉了唐诗，更让一个时代都沾染上了酒气。所谓"醉翁之意不在酒，在乎山水之间也。山水之乐，得之心而寓之酒也"（欧阳修《醉翁亭记》）。唐人对酒的痴迷，甚至熏染了后代文人，尤其是宋代文人，欧阳修和唐人一样，都把醉酒当成了一种行为艺术。他们是在用沉沦的体态讲述自己尽情的心态，用沉溺的状态描绘一种惬意的生态。

古人云："花开半看，酒醉微醺。"意为饮酒的意境在微醺，然而微醺却缺少了几分酣畅和豪迈。"人生得意须尽欢，莫使金樽空对月"（李白《将进酒》）与"却忆花前酣后饮，醉呼明月上遥天"（唐彦谦《寄友三首》）、"醉舞日婆娑，谁能记朝暮"（刘驾《效陶》）、"钟鼓馔玉不足贵，但愿长醉不复醒"（李白《将进酒》）说的并不是醉生梦死和纸醉金迷，而是一种盛世福荫下的生存体验。正是他们，临风把酒醉江月，醉里挑灯看剑，把自己所有的情感都浓缩在了醉意之中，而给唐诗带上了盛世的光环，给宋词融入了多情的旋律，以至锦心绣口，诗香酒香。

山河、友情和酒是以李白为代表的诗人诗篇中不断吟咏的主题，也是盛唐留给后世的勃勃英姿。一杯清酒，让绚烂的山河更加明丽；一杯烈酒，让灼热的友情更加浓郁；一杯好酒，让诗仙的孤傲、游侠的寂寥和思乡的悲苦，都化作串串歌声，陶醉了人心，也酿就了诗情。那种"千金散尽还复来"（李白《将进酒》)的气度和"天子呼来不上船"(杜甫《饮中八仙歌》)的酒脱,那种"举杯邀明月"(李白《月下独酌四首》其一)的浪漫和"五花马,千金裘,呼儿将出换美酒"(李白《将进酒》)的奔放与童真,也使一个诗人最终固化成了传奇。

李白说:"但使主人能醉客,不知何处是他乡。"(《客中行》)他不是不知,而是他把整个唐朝都看作了兰陵。唐朝给他提供了游弋的大地,诗人又用醉态回馈了对盛世的歌咏。醉,是陶醉,是迷醉,是沉醉,表达的是一种信马由缰、快意恩仇的最高、最大、最美之体验。而当诗人都醉了的时候,生活的趣味才最浓重。假如苏轼没有写过"人生如梦,一樽还酹江月"(《念奴娇·赤壁怀古》),我们对于光阴如逝、岁月如梭的感受可能也就不会那么强烈;假如未曾有过"举杯邀明月,对影成三人"(李白《月下独酌四首》其一)的浪漫体验,今夜的月光必然黯然失色,无法如水银泻地般映照山川,也更映照不到我们的心田上。同样,如若没有了"金樽清酒斗十千"(李白《行路难三首》其一)的豪放和"会须一饮三百杯"(李白《将进酒》)的狂欢,今朝的美酒就仅仅只是酒精与水的化合物了。

对酒当歌,人生几何!他们把诗与酒发酵并发挥到了纵情的极点。正因为此,白居易才有了"百事尽除去,尚余酒与诗"(《对酒闲吟赠同老者》)的感慨,而李白也才能写出"古来圣贤皆寂寞,惟有饮者留其名"(《将进酒》)的诗句。酒与诗,诗与情,相伴相生,生生不息。

在杜甫的眼里,最能代表诗酒风流的有八个人,他们个个嗜酒如命,而且还都量大能喝,甚至喝得越高文采越好,很有一种舍我其谁的才气、傲气和霸气，可谓是潇洒名士中的名士，逍遥侠客中的侠客，狂放达人中的达人，都属于喝出了水准，喝出了高度，喝出了境界之类的饮者。在所有的酒客中，他们都应算是有"文凭"的极品，可以给最高的"职称"，所以谓之"八仙"：

> 知章骑马似乘船，眼花落井水底眠。
> 汝阳三斗始朝天，道逢麹车口流涎，恨不移封向酒泉。
> 左相日兴费万钱，饮如长鲸吸百川，衔杯乐圣称避贤。
> 宗之潇洒美少年，举觞白眼望青天，皎如玉树临风前。
> 苏晋长斋绣佛前，醉中往往爱逃禅。
> 李白一斗诗百篇，长安市上酒家眠。
> 天子呼来不上船，自称臣是酒中仙。
> 张旭三杯草圣传，脱帽露顶王公前，挥毫落纸如云烟。
> 焦遂五斗方卓然，高谈雄辩惊四筵。
> 杜甫《饮中八仙歌》

第一位是四明狂客贺知章。杜甫说他喝醉酒后，骑马就像坐船，左右摇晃，上下颠簸，稀里糊涂地掉进了井里都不知道，更可笑的是纵使这样，他自己竟还能酣然而眠。一个"眠"字，在扫除我们对他跌落井底的担忧之余，也更加加深了他酒态下如附神力的认识。而既然是神力，那就绝非是一睡而了之，所以温庭筠就以"出笼鸾鹤归辽海，落笔龙蛇满坏墙"（《秘书省有贺监知章草题诗笔力道健风尚高远拂尘寻玩因有此作》）的句子，写出了诗狂笔下的书法奇观。

第二位是皇亲国戚、汝阳王李琎。他的"三斗始朝天",我看应该不在酒胆。李琎是让皇帝李成器的长子,睿宗在位时他父亲把太子位让与了李隆基,并恭谨自守,不妄交结,也算是鼎力支持唐玄宗上位的大恩人,为此还留下了花萼相辉的佳话。从理论上讲,李琎在嫡长子继承制的血统排行中,比李隆基的顺位应该更靠前,所以在他没有政治倾向性问题的前提下,喝点小酒上朝,似乎并不会有不敬之嫌的猜忌,况且整个唐朝都嗜酒。但是路遇曲车(酒车)口流涎就显现出他贪酒的程度了。看来,他必是那种在上下班的车行途中那一会儿时间都忍耐不住的"瘾君子",否则他怎么会有换封到酒泉去的想法。听上去真有点企求活在酒窖里,死在酒池中的感觉。

紧接着是时任左丞相的李适之,他更有西北人大口吃肉、大碗喝酒的粗豪。那时贪杯的人确实不少,但能给贪杯找到好借口的还是非他莫属。他说举杯豪饮是为了脱略政事、让能让贤,摆出了一副萧规曹随的架势,貌似有点高风亮节的意思,但骨子里却对李林甫把持朝政极为不满。

后面还有几位风流倜傥的雅士。崔宗之可谓是一位英俊潇洒的风流人物,酒后临风而立衣袂飘飘,确实很有玉树临风的样子。而苏晋虽然吃斋礼佛,但还是喜欢在酒中逃避佛的束缚,宁愿用长久的修行换取短暂的一醉。如同愿意"用一生的等待,换取一瞬的芳华"那般,有点"金风玉露一相逢,便胜却人间无数"(秦观《鹊桥仙》)的味道,真是痴迷、痴恋、痴情、痴心到了极点。他倒是用另一种方式诠释了"相思一夜情多少,地角天涯未是长"(张仲素《燕子楼诗三首》其一)的感情真谛。张旭以"草圣"著称,但他的狂草神笔都在酒后。他喝酒的时候从来不拘小节，尤其是一俟喝高了，就疯疯癫癫地大呼小叫，然后脱帽解发，以发蘸墨，书写于纸，酒醒后连自己都不知道是咋写出来的。布衣出身的焦遂也在其中，他是五杯过后方才滔滔雄辩的喝家。人说酒后吐真言，而他是酒后有真经。杜甫另有一首自题诗："为人性僻耽佳句，语不惊人死不休。"（《江上值水如海势聊短述》）我觉得，若把后一句用作对焦遂的评价，似乎并不为过。

当然，这八仙中，最后的王者，还应该属于李白。杜甫说李白饮酒一斗，就可诗出百篇。斗有多大用不着深究，但肯定是特大号的酒杯。一口一杯，杯杯入怀，酒兴诗兴，天地自广。虽然喝醉的时候，都很爱说大话，但"天子呼来不上船"好像不应该是李白平日里会说的，把它看作是对李白醉态的形容或许更为准确。试想，假如我们要是也遇到了一个大话说破天的话痨，你是否还有耐心再陪着他一直吹下去，更别说还要再以此为据来赞美他了。另外，如若果真如此，那他还来长安干什么，而且还千方百计地找门路，不惜求到了女人（玉真公主）门下，希望能谋个差事，获得个显露峥嵘的机会。大话虽大，但豪气还是不小，只不过豪气是钻进了"自称臣是酒中仙"这一句里的。

杜甫的八仙图恰似一幅盛唐的文化生态图。诗中的人物，不仅狂饮烂醉，而且还不拘人臣之礼。尊君是以儒治国的最大纲常，是兼济天下的出发点，也是独善其身的前提要件，历朝历代都是一条不能逾越的红线。唯有唐朝，才打破了那种儒教一元论的思想束缚。因为国际化的社会形态，需要与多元化的文化氛围相匹配。也只有在这样的情况下，才可能有那种以贬损君王来抬高自己的做法，无论是"汝阳三斗始朝天"，还是"天子呼来不上船"（杜甫《饮中八仙歌》），都是一种幽默罢了。更重要的是，即使把这种调侃写成了有案可查的诗句，也不会有人怀疑诗人是在煽动叛逆，当然，更不会有人借此去给李琎和李白罗织蔑视朝廷的罪名。并且，这种现象还绝非仅此一例。除此之外，李白也用"醉月频中圣，迷花不事君"（《赠孟浩然》）评价过孟浩然。显然，唐朝还有许多像他们这样酒胆包天的狂徒。

　　狂野无羁，但并不懒政、怠政、惰政，他们是真正经过"酒精"考验的国家栋梁。许多高官，都是天天以酒自娱，然而每个人的政绩仍很斐然。在他们以身作则的示范引领下，饮酒的风气开了历史的先河。如若追本溯源，我们可以发现，李唐家族从李渊开始，就已经羼杂进去了一半的胡人血统，而到了唐高宗时，由于他的母亲、祖母、曾祖母都是鲜卑人，所以他身上的胡人基因已经占了多半。那种会走路就能跳舞，会喝水就能喝酒的习性，应该就是唐朝酒风盛行的文化背景和心理起因。那时，空气里弥漫着酒香，白天的太阳，晚上的月亮，仿佛都有醉意。按常理，他们如此沉湎于酒精，治安状况应该令人担忧，颓废世风也会接踵而至。但是，对于唐朝来说，这些担忧似乎都是多余的。他们人醉了，但心没醉；自己醉了，但社会清醒。因此，反倒迎来了一个安居乐业的时期，所以杜甫说"稻米流脂粟米白，公私仓廪俱丰实"（《忆昔二首》其二）。

　　有人统计，当时的经济状况如若折合成 GDP 的话，应能占到全世界经济总量的四分之一，其中粮食的库存大致与今天相当，而死刑处决犯年均只有二十九人。这组数字已经确凿无误地勾画出了唐朝的实况，那就是民众生活富足，社会和谐稳定。看来，它不但没有被酒泡酥，使其一捏即散，而且还历"酒"弥坚，更为强大。这样，一个酒曲艺术的神话就此走向了历史前台，使得"唐诗中的酒量"都明显比起其他时期的要大、要多，也要浓。

假如唐代禁酒，很难想象唐诗还会不会如此浪漫多情。没有了饮酒后真情实感的内心体验，恐怕我们面对的就只能是烈日下一朵朵发蔫的花蕾，而看不到那种盛开的美丽了。庆幸的是，酒风盛行的有唐一代诗的花蕾并没有凋谢。

金樽清酒尽余欢　诗仙狂歌吟唱出最美和声

李白既是诗仙，又是酒仙，他的豪迈之情主要出自酒，酒让他和他的诗几近疯狂。他的生命似乎都是用酒浇灌的："百年三万六千日，一日须倾三百杯。"（《襄阳歌》）而酒带给他的则是"三杯通大道，一斗合自然"，能让他获得真知和启示。而此中况味又很难与别人分享，因此讲："但得酒中趣，勿为醒者传。"（《月下独酌四首》其二）所以他从心底里崇尚喝酒："古来圣贤皆寂寞，惟有饮者留其名"（《将进酒》），并且还理直气壮地说："天若不爱酒，酒星不在天。地若不爱酒，地应无酒泉。

天地既爱酒，爱酒不愧天。"（《月下独酌四首》其二）由此也就形成了他的生活常态，诗要借酒兴，而酒又可壮诗情："兴酣落笔摇五岳，诗成笑傲凌沧洲。"（《江上吟》）对于他而言，诗与酒俨然成了互为依存的共同体，缺一不可。

　　酒和诗给李白的生活增添了五颜六色的光彩，而他就在诗与酒的变奏中，给我们不断地带来诸多新的感动。在酒的发酵中，他的生活是新的，他的世界是新的，他看到的风景也是新的，所以他的诗句更是新的。全新的情绪、全新的表达和全新的画面，让我们在他不停地行走中不断地惊奇。我们甚至永远都看不清楚他的来处和去处，而他，就在谁也不知道的远处，或者谁也不知道的前方，发现了谁也无法想象的景物，写出谁都意想不到的文字。支撑着他不知疲倦行走的是酒，所以他说："人分千里外，兴在一杯中。"（《江夏别宋之悌》）似乎赶路就是他的生活，他天天都在追赶着自己从未涉足过的未知，而促使他把前方那些未知的陌生融入身心，把放逐自己的异乡拥入怀抱的动力，就是诗，所以他又说："但使主人能醉客，不知何处是他乡。"（《客中行》）

　　有关李白喝酒的传说有很多，最著名的就是"龙巾拭吐，御手调羹，贵妃捧砚，力士脱靴"了。说的是有一次李白喝多把身上吐脏了，唐玄宗用手帕帮他擦拭，杨贵妃为他调制醒酒汤，而高力士也不得不亲自动手为他脱去靴子。这种级别的待遇，恐怕翻遍五千年历史，也没有第二个人能够享受得到。但是李白就是李白，他却并不会因此而诚惶诚恐，因为他的诗足以与之匹配。他在醉意中的一蹴而就，一幅盛世的美景便铺满了人间：

云想衣裳花想容，春风拂槛露华浓。
若非群玉山头见，会向瑶台月下逢。

李白《清平调词》其一

一枝红艳露凝香，云雨巫山枉断肠。
借问汉宫谁得似？可怜飞燕倚新妆。

李白《清平调词》其二

名花倾国两相欢，长得君王带笑看。
解释春风无限恨，沉香亭北倚阑干。

李白《清平调词》其三

　　醉意为李太白营造了如仙的意境，酒气更使他发挥出了卓越的才情。以上三首诗既是对那位绝色贵妃的赞美，也是对那个盛世时代的歌颂，唐玄宗听到这样的赞歌还怎么可能再去在意自己的高贵呢？

　　李白的诗一向以飘逸豪放著称，不受传统的约束，率性而为。正如他在《庐山谣寄卢侍御虚舟》一诗中所写的："我本楚狂人，凤歌笑孔丘。"一个"狂"字，将他狂放不羁的性格表露无遗，也使得他这个渺小人类之中的一员，在文本构筑的想象世界中，一跃而上升到了宇宙的范畴。《宣州谢朓楼饯别校书叔云》中的那句"俱怀逸兴壮思飞，欲上青天揽明月"，宛如是他专门给自己的那种狂态点缀的注脚。

豪情　酒酿的豪情千年醇

　　李白的狂放源于他文化性格的多元化。虽然他也受过儒学的深刻影响，也有建功立业的迫切愿望，但是，他显然没有被其中的纲常礼教所束缚，所以敢在君臣之道这些等级观念的忌讳上"为所欲为"。从他的作品和行事风格来看，儒家和道家的思想对他都产生过影响，但以道家的影响为深。当他想要入世以建功立业的时候，儒家"达则兼济天下"的思想就占了上风；而当他在政治上遇有不顺，想要放情山水、仗剑天涯的时候，他就说："我本楚狂人，凤歌笑孔丘"，或者是："尧舜之事不足惊，自余嚣嚣直可轻"（《怀仙歌》），连尧舜和被儒家奉为圣人的孔子都加以嘲笑和轻视了。在这个时候，道家愤世嫉俗、返于自然的思想，就在他的身上占主导地位。

　　儒家思想的核心是忠孝仁义，倡导中庸之道，由此形成的价值取向则是"爱君忧民之心，经国匡世之略"。但李白却不然，他始终坚持我行我素，完全冲破了那种大众人格观的平庸，最终成了一个极其个性化的诗人。他敢爱、敢恨，敢喜、敢忧，他的一切似乎都是在和中庸之道做对抗。在他的诗里，也常会出现"杀"这样的字眼，如："荷花娇欲语，愁杀荡舟人"（《渌水曲》），"笑杀陶渊明，不饮杯中酒"（《嘲王历阳不肯饮酒》），"春风狂杀人，一日剧三年"（《寄韦南陵冰余江上乘兴访之遇寻颜尚书笑有此赠》），"巴陵无限酒，醉杀洞庭秋"（《陪侍郎叔游洞庭醉后三首》其三），"千杯绿酒何辞醉，一面红妆恼杀人"（《赠段七娘》）。

　　有人说，土地宽容了种子，拥有了收获；大海宽容了江河，拥有了浩瀚；天空宽容了云霓，拥有了彩霞；人生宽容了遗憾，拥有了未来。而唐朝则是宽容了李白，所以最终成就了一位能带给我们无限惊奇和美丽的诗仙。

唐朝，就是这样一个能给人提供各种信仰追求的时代。那时没有朝廷颁布的主流意识形态，也没有刻意提倡何种国学，更没有对文学作品有什么主旋律的要求，然而，正是那些"肆无忌惮"的作品，反而讴歌了那个时代的繁荣和昌盛。因为"百无禁忌"，所以李白既敢于"天子呼来不上船"，又能"凤歌笑孔丘"。

对于戏弄天子，后人一般都不会把他归入有违人臣之礼的大逆不道之列，但是如若不尊孔，则是国人历来都不能接受的事情，然而在唐朝就没

〔明〕万邦治 《醉饮图》

有这些羁绊。在我们的印象里，杜甫身上的儒学印记应该还算比较清晰，但是他也在诗中提出了自己的怀疑："儒术于我何有哉，孔丘盗跖俱尘埃。"（《醉时歌》）并且还调侃说："儒生不及游侠人，白首下帷复何益。"（《行行游且猎篇》）"兵戈犹在眼，儒术岂谋身。"（《独酌成诗》）

如果仅以李白和杜甫两人为例还不足以说明问题的话，我们还可以找出更多的例证。在我们熟悉的诗人中，白居易和王维也一样，他们曾经对儒学都投入得很深，但后来又都靠向了佛。本来佛教是有违中国传统文化的，其中的不近女色就与儒家倡导的"不孝有三，无后为大"相悖，它的平民观和出世观更与儒家的等级意识和入世思想恰恰相反，但即便如此，唐朝也不排斥。不仅诗人如此，甚至皇帝也是这样。唐太宗认老子为先祖，内心少不了对人与自然和谐相生的崇尚，但是他的脑子里装得满满的又是儒家思想中的天下，而当玄奘从西天取经回来的时候，他又真诚地表现出了发自内心的欢喜。

唐朝就是这样，在它并不强调主流意识的情况下，意外地丰富和完善了自己的文化。这种多源的文化土壤，则成了诗人们尽情欢歌的舞台，而李白就是其中领唱的歌者，只是"长风破浪会有时"（《行路难三首》其一）并不是他的全部追求，他似乎更钟情于"对此可以酣高楼"（《宣州谢朓楼饯别校书叔云》）的那种心意状态，所以他会说："且就洞庭赊月色，将船买酒白云边。"（《游洞庭湖五首》其二）惬意而超然。用曹操的话讲，就是"对酒当歌，人生几何"（《短歌行》）。

显然，诗是李白的生命，而酒则是他的招牌。一般人喝酒是讲究心情和场合的,心情好人投缘,酒逢知己千杯少。有"十觞亦不醉,感子故意长"(杜甫《赠卫八处士》)的情深意长,有"更待菊黄家酝熟,共君一醉一陶然"(白居易《与梦得沽酒闲饮且约后期》)的陶然之趣。当然,遇有各种庆典也会喝酒。如:"清泉茂草下程时,野帐牛酒争淋漓。不学京都贵公子,唾壶麈尾事儿嬉。"(王维《出塞曲》)

李白则全然不是。他寂寞的时候要喝酒:"花间一壶酒,独酌无相亲"(《月下独酌四首》其一),哪怕是"举杯销愁愁更愁"(《宣州谢朓楼饯别校书叔云》);他高兴的时候要喝酒:"烹羊宰牛且为乐,会须一饮三百杯"(《将进酒》);他独处的时候也要喝酒,即便只有月亮和自己的影子,也要喝个"月徘徊,影凌乱":"举杯邀明月,对影成三人"(《月下独酌四首》其一),自赏自鉴,意浓味甜。当高朋满座的时候,他更要喝酒,还呼吁大家举杯同庆。

天宝十一载(752),李白与岑勋一起到嵩山的颍阳(今河南登封)山居拜访元丹丘,三位友人登高宴饮,李白写下了《将进酒》:

> 君不见,黄河之水天上来,奔流到海不复回。
> 君不见,高堂明镜悲白发,朝如青丝暮成雪。
> 人生得意须尽欢,莫使金樽空对月。
> 天生我材必有用,千金散尽还复来。
> 烹羊宰牛且为乐,会须一饮三百杯。
> 岑夫子,丹丘生,将进酒,杯莫停。

与君歌一曲,请君为我侧耳听。
钟鼓馔玉不足贵,但愿长醉不复醒。
古来圣贤皆寂寞,惟有饮者留其名。
陈王昔时宴平乐,斗酒十千恣欢谑。
主人何为言少钱,径须沽取对君酌。
五花马,千金裘,
呼儿将出换美酒,与尔同销万古愁。

他说滚滚黄河之水,从天而降,人生苦短,青丝染霜,很快就两鬓斑白,所以人生得意、快乐的时候,一定要开怀畅饮,不要停杯问月,空留遗憾在心里。千金散尽,总会失而复得,但青春年华如水奔流,必须要好好珍惜。在这首诗的最后,他将"万古愁绪"化为一杯浓香烈酒,饮之思之,酣畅淋漓。他那种强烈的生命意志和人生喟叹就这样消融于酒里,寄寓于诗中。

这就是李白,无论寂寞或开怀,都以酒入心,用酒神的自由、奔放浇铸了多彩的诗篇。

然而,唐朝的气度和酒量,似乎在李白之外,还有许多佐证。那些诗名和酒名一样盛传的人,都对酒充满了感情:"葡萄美酒夜光杯,欲饮琵琶马上催"(王翰《凉州词二首》其一);"痛饮狂歌空度日,飞扬跋扈为谁雄"(杜甫《赠李白》);"一年明月今宵多,人生由命非由他,有酒不饮奈明何"(韩愈《八月十五夜赠张功曹》);"今朝有酒今朝醉,明日愁来明日愁"(罗隐《自遣》);"子酌我复饮,子饮我还歌"(王建《泛水曲》）。

得意人生，要诗酒壮怀，化满腔舒豪，尽情地泼洒。失意之时，也可以自斟自饮，酒入愁肠，化作相思泪。唐代的诗篇都是在酒坛子中泡开的，阳光之下，挥发出阵阵酒气。然而，酒气越重的人似乎越是风流快活之人。就如魏晋名士，他们常常于竹林深处抚琴吟诗，饮名酒，服五石散，然后散步于乡野田间，自由快乐。喝了酒，阮籍可以连月大醉不醒，躲避世俗的烦恼；李白目无王法，连天子传唤也敢抗旨不遵。所谓"酒壮英雄胆"，大概就是这个意思。

其实，酒中乾坤，一半是真睡，一半是装晕。"假作真时真亦假，无为有处有还无"（曹雪芹《红楼梦》），醉眼看人生，常常更能看到人间百态，亦真亦假，如梦如幻，云里雾里，才能在这虚幻之中找到些生活真实的感受，释放出难得一见的激情。所以，白居易说："酒狂又引诗魔发，日午悲吟到日西。"（《醉吟》）因为喝酒所以引发了诗情，从日中到日落，酒一直在喝，诗也一直在作。酒需要借诗来"发狂"，诗得了酒气而愈发沉香。

在我们心中，大唐全盛时期的美酒是最令人迷醉的，盛唐诗人的醉态也是最令人心动的。大唐以前的酒似乎还不够醇厚、清爽，诗人的醉意似乎也还不够从容、酣畅，而盛唐以后的酒，其中又有太多越来越浓的辛酸和苦涩，诗人的醉中也就有愈来愈深的无奈和悲凉，"梦里不知身是客，一晌贪欢"（李煜《浪淘沙·帘外雨潺潺》）。唯有盛唐的诗人们，能自如地挥洒春风般华美芬芳的诗笔，酣畅淋漓地书写他们生命中的沉醉。

豪情　酒酿的豪情千年醇

读这样的诗，我们未饮之前就已经醉了。是美酒，成就了唐诗；是李白，使唐诗的甘醇如此醉人。大唐，以其强盛和繁荣，以其勃勃的生机，也以其兼容并蓄的博大气象和充分的自信与宽容，造就了一个诗的时代、诗的国度。

"金樽清酒斗十千，玉盘珍羞直万钱。"（李白《行路难三首》其一）千古心事，多少诗篇，如陈年美酒，似旷古家酿。那剑气、那月光，和着青春、诗歌与美酒，不断勾画着令人怀想的盛世大唐。

纵死犹闻侠骨香 文弱的胸怀拥抱着刚强的雄心

诗言志而志多豪,所以豪情就构成了诗风中十分重要的一格。豪情是砥砺气节、张扬个性、蔑视权贵和忧国忧民的真情,无邪、率真、励志,当然,也狂放不羁。豪情出于雄性的血气,那是男人与生俱来的禀性,所以当男权社会开启以后,就有了《卿云歌》:

卿云烂兮,糺缦缦兮。
日月光华,旦复旦兮。

这首诗气象宏阔,意趣高昂,让我们能够感受得到一种自强不息的精神喷薄而出。

　　清人杨廷芝说："豪则我有可盖乎世，放则物无可羁乎我"（《诗品浅解》），概括了豪情的大意。以此读诗，屈原、曹植、李白、王安石、苏轼等都是不能回避的代表性人物，而在那些光彩夺目的花蕾中，绽放的最为娇艳的自然还是李白。

　　朱熹在他的《清邃阁论诗》中写道："李太白诗，不专是豪放，亦有雍容和缓底。"然而即便是他的那些平静的文字，也一样伸张着一种文人的侠气与书生的骨气，而所有侠气与骨气，都来自李白的那种"天生我材必有用"的信念。所以，信念就是李白豪迈之情的另一半。他的信念，是"腹有诗书气自华"（苏轼《和董传留别》）的一种自信，也是"壶视天地、囊括万物"（方孝孺《张彦辉文集序》）的文人志趣。他的诗，气势磅礴、笔力酣畅，成为世人仰止的典范。与之齐名的杜甫，诗虽大多沉郁顿挫，却也被认为"格力超拔"（陆时雍《诗镜总论》），从而在诗史上与李白双峰并峙。与李白不同的是，杜甫的豪情并不是生发于酒，而是像大多数文人那样，源于一种"兼济天下"的文化担当。所以，从他的诗里，我们仍能读出那种"不愁明月尽，自有夜珠来"（宋之问《奉和晦日幸昆明池应制》）的味道。而这，正是所有中国文人的力量。

　　武士强在剑力，文人强在剑气。而文人的剑气，就来自那种由文化信念的坚守而塑就的风骨。孟郊虽然以苦吟著称，但是"春风得意马蹄疾，一日看尽长安花"（《登科后》）的那声狂放，也一样将他的剑气显露无遗。还有王之涣的"欲穷千里目，更上一层楼"（《登鹳雀楼》），王翰的"醉卧沙场君莫笑，古来征战几人回"（《凉州词二首》其一），从中都能看到他们傲视群伦的意气，而这样的诗句不胜枚举。

科举把学子们锁死在了寒窗里，日复一日的苦读只是为了磨好那一剑，书案、油灯、书页、笔墨和光阴，成了众多学子的全部人生，在人们的印象中，也就形成了一种"肩不能挑，手不能提"的文弱形象。常言说"秀才遇见兵，有理说不清"，文人俨然是一副日常市井里的弱者形象。但常常也能因为他们柔弱的文字，激荡起一股心底最为澎湃的豪情：

> 荆卿重虚死，节烈书前史。
> 我叹方寸心，谁论一时事。
> 至今易水桥，寒风兮萧萧。
> 易水流得尽，荆卿名不消。
>
> 贾岛《易水怀古》

后人读诗，常常知道"郊寒岛瘦"，知道贾岛的专注与推敲，却并不知道在贾岛的心里，也一样存留着一份天地豪情、英雄气度。读书人的心底，除了一声长叹之外，还有对壮士的悲鸣。

当年荆轲刺秦，行至易水，高渐离击筑，荆轲慷慨悲歌："风萧萧兮易水寒，壮士一去兮不复还。"（荆轲《荆轲歌》）天地愁云，送行之人无不动容声咽。后来荆轲虽然不幸失手，未能完成刺秦保燕的重任，但他两肋插刀、肝脑涂地的侠义之风，却令后世铭记。这个所谓的天下第一刺客，其实手上从来都没有沾过丁点的血气，而他之所以在咸阳宫中短暂的几分钟战斗，就能震撼两千多年的国史，恰恰源于一双被阉去了的刚烈的素手——太史公凭着一柄竹笔，为世人描绘了一幅燕赵侠士的画像，留下了一曲可歌可泣的豪侠悲歌。当贾岛走过易水河畔的时候，那种壮怀激烈的形象也勾起了他的思绪，于是写下了这首诗。他说荆轲用自己的节烈书写了历史，也为自己的人生增添了光辉的一笔。如今的易水桥上，寒风萧瑟，依然有当年的肃杀之气。易水东流，即便能有流尽的一天，荆轲的勇敢无畏也将流芳千古，万古长青。

荆轲在走的时候已经想到了"一去不复还"，明知赴死也毅然前往，这份侠之大气、士之大节，震动了贾岛，而被称赞为"虽死犹生"。即便海枯石烂，也依然英名永存。

其实，还在贾岛之前，骆宾王奔赴幽燕之地的时候，也一样心生过英雄相惜的感叹：

此地别燕丹，壮士发冲冠。
昔时人已没，今日水犹寒。
骆宾王《于易水送人》

诗人在送别友人之际，发思古之幽情，表达了对英雄的无限仰慕，从而寄托了他对现实的深刻感慨，并进而倾吐了自己满腔热血但却又无处可洒的苦闷心情。这首诗以强烈深沉的感情和含蓄精练的手法，摆脱了初唐萎靡纤弱诗风的影响，开创了唐代五言绝句健康、成熟的诗风。

不仅如此，对英雄的呼唤，似乎是每个时代都有的渴望。即便是像李清照那般柔弱的女子，在心里也对英雄有着深深的敬仰：

生当作人杰，死亦为鬼雄。
至今思项羽，不肯过江东。

李清照《夏日绝句》

南宋朝廷偏安江南，苟且偷生，在李清照看来，没有收复河山的志向，与蝼蚁无异。在她的心里，项羽那种宁折不屈的精神，才是顶天立地的男子汉所应具备的品质。而投笔从戎，似乎也是每一位书生的心愿。"初唐四杰"之一的王勃在他的《滕王阁序》中就表达了这种读书人的志向。

在古代文人的理念中，始终持有"修身、齐家、治国、平天下"的传统，为苍生谋福祉一直都是他们的执着追求。正如李泌所说：

一丈夫兮一丈夫，千生气志是良图。
请君看取百年事，业就扁舟泛五湖。

《长歌行》

李泌的理想，似乎和春秋时期的范蠡很相似。治国平天下，可以为国为民生死不惧，一旦成就霸业，反而功成身退，隐姓埋名过隐居的日子去了。

豪情　酒酿的豪情千年醇

（明）周臣 《沧浪濯足图》

就像汉初的张良，他辅佐刘邦打败项羽，为汉朝江山的巩固立下了汗马功劳。但是，他却不领赏，放弃高官厚禄，跑去寻仙学道，求长生不老去了，实际上也是另一种隐居生活。这些人的身上，都有一种共通的追求，就是"做一番大事业"。但是，他们并不是贪图荣华富贵，更不是追求功名利禄，只是在国家有难之时，挺身而出，怀着"为万世开太平"的心愿，改造时代。所以，李泌说："业就扁舟泛五湖"（《长歌行》），成就了自己的人生价值，也完成了历史的转折与递进，功成身退时便了无遗憾。

从王勃借《滕王阁序》的请缨，到骆宾王、贾岛易水怀古的慷慨悲歌，还有李泌建功立业后想泛舟江湖的洒脱，似乎可以看到传统文人"定国安邦"的一种情结，用老子的话说，那就是"功成名遂身退，天之道"。

"为天地立心，为生民立命，为往圣继绝学，为万世开太平。"（张载《张子全书·近思录拾遗》）北宋大儒张载的这四句话，全面总结了读书人的目标和追求，对李白的"天生我材必有用"也做出了最为准确的解答。

文人虽然外表温文尔雅，貌似弱不禁风，没有大丈夫的刚烈与勇猛，但是，他们有的是李太白身上的那股剑气，而又因为有了这股剑气，所以能"指点江山""挥斥方遒"，也因为有了这股剑气，所以能无惧生死而"留取丹心照汗青"（文天祥《过零丁洋》）。李白说："愿将腰下剑，直为斩楼兰。"（《塞下曲》其一）李贺说："男儿何不带吴钩，收取关山五十州。"（《南园十三首》其五）李白又说："长风破浪会有时，直挂云帆济沧海。"（《行路难三首》其一）文天祥再接着说："男儿千年志，吾生未有涯"（《南海》）。因为他们总是能够在国家与民族的命运转折处，奋勇迎击历史风浪的拍打，所以也谱写了一首首贯穿历史的豪情大歌。

  笔是他们的歌喉，高唱的则是他们自己的亲身经历。当文人们投笔从戎后，保家卫国的勇武之举就成了代代传颂的主旋律。听鼓角争鸣，望烽火边城，黄沙漫天的古道，闪烁着刀光剑影。策马扬鞭，一骑绝尘，青春的渴望与热盼都是战死沙场的衷肠。这是王维的梦想，也是当年所有长安少年的志向：

> 出身仕汉羽林郎，初随骠骑战渔阳。
> 孰知不向边庭苦，纵死犹闻侠骨香。
>
> ——王维《少年行》其二

  王维说，离开家不久便成了君王的御林军，随后就跟着骠骑将军辗转沙场，参加了渔阳大战。其实，谁不知道远赴边疆既辛苦又危险，但是保家卫国是每一个男人责无旁贷的使命，纵然战死疆场，留下一堆白骨也同样飘着侠义的清香。这是王维笔下的壮志，也是很多青年才俊的梦想。真是"古往今来只如此"（杜牧《九日齐山登高》），人们对保家卫国这一理想的诉求，似乎从未改变过。

  古今中外，投身军营都是对男子汉的历练与考验。而王维，那时也正值青春年少，热血方刚，对杀敌报国自然也充满了向往。所以，那些在许多诗人笔下凄惨的离别，遥远的相思，在他的身上还都不曾在意，他所关注的只是尽自己的全力报效祖国。而这份报国之志，似乎也是所有有志青年的共同心声：

> 闻君为汉将，虏骑罢南侵。
> 出塞清沙漠，还家拜羽林。
> 风霜臣节苦，岁月主恩深。
> 为语西河使，知余报国心。
>
> 崔颢《赠梁州张都督》

这是崔颢写给边疆将士的赠诗。诗中说，听说你做了将军，从此胡虏的铁蹄就再也不敢南侵了。这里的汉将，其实和王维"出身仕汉羽林郎"一样，都是以汉代唐的比喻。大汉的风骨、气度、繁荣，以及天朝大国的霸气，似乎一直是唐代诗人所钦佩和羡慕的。以汉喻唐，追忆前朝的繁华，也倾注了对盛世王朝的仰慕。在这样的情怀下，能够杀敌报国，自然是男人的一种荣幸。所以崔颢接着说，你出塞回来，还朝就拜为御林军。扑面而来的风霜和风尘，令将士们都感到辛苦，但随着岁月的流逝，大家都将感激皇帝的恩情。

这首诗是崔颢赠给梁州都督的，他让出使边塞的使者"西河使"捎话，表明自己报国的拳拳之心。作为一个驻守国家边陲的将军，最大的责任就是保社稷稳定和人民安康，即便吃苦再多也会感激皇帝信任，给了他报效国家的机会。如果没有了"主恩"，也就没有了匹马戎装的可能，更没有可供自己抒发豪情与壮志的疆场了。

豪情　酒酿的豪情千年醇

"谢主隆恩"在将士们的心目中，确为发自肺腑的热忱。而盛唐的雄浑，战士的刚健，都在这样的诗作中熠熠生辉，神采飞扬。

同时，因为这份铁血男儿的昂扬斗志，将书生们的爱国激情也就深深地唤醒了：

> 烽火照西京，心中自不平。
> 牙璋辞凤阙，铁骑绕龙城。
> 雪暗凋旗画，风多杂鼓声。
> 宁为百夫长，胜作一书生。
>
> 杨炯《从军行》

国家兴亡，匹夫有责。读书人向来是一个极富激情的群体，但他们比其他人能更理性、清醒地看待时势。大国不存，小家安在？心中的慷慨之情因国家的危亡油然而生，所以再也无法安坐南窗埋头读书了。而往日心仪的功名利禄，在边关蔓延的战火面前也显得微不足道。诗人直抒胸臆，认为此时此刻，哪怕只是去当一个带兵冲锋陷阵的小头领，也胜过在书房里静坐。投笔从戎似乎已经成为报答皇恩和报效国家的最好也是唯一的选择。诗句间涌动着诗人一腔的热血，甚至让我们都能感受到他的那种急迫的冲动，仿佛成为一股喷涌而出的洪流，在山涧中激起了阵阵的轰鸣，真有气壮山河的气魄、气势和气派。

戍边难，从军苦，生死又未卜，军人们常常承担妻子离散的危险。明月当空，想起远方的家人，思乡之情也会油然而生。可是，这些似乎都只是军旅生活的插曲，回荡在他们心中的主旋律，永远都是"征战"。

> 葡萄美酒夜光杯，欲饮琵琶马上催。
> 醉卧沙场君莫笑，古来征战几人回。
>
> 王翰《凉州词二首》其一

其实，谁都知道从军打仗总会有死伤，那么不如开怀畅饮，醉卧沙场。就算是喝醉了，也莫要笑话，自古征战，有几个人能活着回去的呢？这本是一个引人伤感的话题，将士们为了家园的安宁必须去打仗，而战争的背后必然是更多的死伤。但这一切似乎并没有动摇他们的志向。相反，在将生死置之度外以后，他们反而显得更加豪迈。

甘甜的美酒，通透的酒杯，断断续续传来的琵琶声，都汇成了独特的音符，流淌在他们的心里。功名利禄已经不再那么重要，封侯拜相也不再计较，只有此刻盛宴的豪华，开怀畅饮的痛快，才是人生最可被珍视的经历。

凉州城外，荒漠无边。悲壮的月光铺满了莽莽的旷野，风从后面涌来，撕扯着城头上的猎猎旌旗。然而，我们却没有看到王翰有丝毫的凄怨。相反，他的心里还涌动着沙场战鼓声激荡而出的一腔热血，怀揣着人生能有几回搏的浪漫豪情。但是边塞就是边塞，那里的箫声总会夹杂着一些《胡笳十八拍》的哀音，而绝不会有"二十四桥明月夜"（杜牧《寄扬州韩绰判官》）的柔媚，所以在王之涣看来，说那里一半是天堂一半是地狱或许更为准确。

他眼里的边关就像是鬼门关一样,生与死只差一步的距离。所以他写道:"一片孤城万仞山。……春风不度玉门关。"(王之涣《凉州词二首》其一)显然王维也有这样的认识,但他让我们在《送元二使安西》中看到的,却是他们觥筹交错的身影,听不到哭诉离别的不舍表白,因为言语都已经不能表达出那种深深的牵挂之情了,所以最后只留给我们一句"西出阳关无故人"的长叹。凉州和阳关究竟有多远,是不是也就在"三步"之间,一步或有一首歌的长度,那么三步也就该有三唱了,所以阳关三叠也就唱出了以凉州为代表的所有边关的节奏。

诗人戴叔伦在《塞上曲二首》其二中说:"愿得此身长报国,何须生入玉门关。"能够驰骋疆场,报国报民,又何必在乎自己的生死呢。可见,英雄之气,磊落风骨,早已存在胸中,为国为民,肝脑涂地,哪里还顾得上生死。

纵观历史,不管是王维诗中的霍去病,还是后来的岳飞、文天祥,他们精忠报国都不是为了功名利禄,加官晋爵,而是希望收复江山,还百姓以安宁。保家卫国,也只有这些放下个人得失的英雄,才能如诗中所说——"纵死犹闻侠骨香"。

目送归鸿笑复歌

得志不得意，失意不失志的人格理想

有人说，唐朝是中国历史上最意气风发的时代，因为强大，也因为壮美。辽阔的疆土、壮美的河山，常常令诗人们充满豪迈之情。他们带着这份冲天的豪迈，又以宏阔的诗篇丰富了大唐的雄伟。而雄伟的大唐，有"斗酒十千恣欢谑"（李白《将进酒》）的恣意狂欢，也有"黄沙百战穿金甲"（王昌龄《从军行七首》其四）的热血奔涌，更有"一日看尽长安花"（孟郊《登科后》）的快意和激情。同时，他们又对理想和追求矢志不渝，即便是"行路难"（李白《行路难三首》其一），却也仍笑看漫漫人生路，在自己不断努力地

坚守中，继续上下而求索。不管世路如何曲折，都要把自己火热的生命融化进辉煌的大唐里。

中国自古尚儒，所以"万般皆下品，唯有读书高"（汪洙《神童诗》）的意识根深蒂固。学子们的人生理想就是科举入仕，因为"兼济天下"是儒家倡导的最大信条。他们觉得只有这样，才能报效国家，实现自己生命的价值。所以，像李白那样清高的人，其实骨子里也同样渴望为国为民效力，希望能干出一番事业。然而他们所处的时代却实在是太过安逸了，尽管他们都有济世安民的宏大抱负，但是对于沉浸在"九天阊阖开宫殿，万国衣冠拜冕旒"（王维《和贾至舍人〈早朝大明宫〉之作》）中的大唐来说，确实缺少一种重振朝纲的形势需要，因此遇有"万言不值一杯水"（李白《答王十二寒夜独酌有怀》）而不被重视也在所难免。当一代雄主李隆基陶醉于他所开创的开元盛世这一不世功业的时候，自满、自足和自负都成为把他拉下神坛的推手。而一旦还原了他作为一个业已年过花甲的老人身份，那种不思进取、不辨忠奸、不求改变的常人通病便会不可避免地向他袭来。所以那个时代的才俊翘楚们也就只能成为太平岁月里一个可有可无的点缀了。没有施展安邦定国才干的机会，只有万户笙歌的气象留给他们讴歌。那种"欲济无舟楫，端居耻圣明"（孟浩然《望洞庭湖赠张丞相》）的生存状态，不知算是生逢盛世的幸运，还是报国无门的悲哀？而这种内心的纠结，就成了诗人的诗作中不可忽略的一道风景。

然而失意却不失志，又是中国古代文人最典型的人格形象。他们始终怀揣着"万里浮云卷碧山，青天中道流孤月"（李白《答王十二寒夜独酌有怀》）

〔宋〕佚名《高士观瀑图》

的精神信仰，固守着"生当作人杰，死亦为鬼雄"（李清照《夏日绝句》）的人生理想。文人之所以能够在困顿中显现人性、创作佳作、留存启示，是因为他们价值取向上的伟岸和高贵。他们的人生遭际虽然有坎坷，但是内心的那种"我自横刀向天笑，去留肝胆两昆仑"（谭嗣同《狱中题壁》）的人格坚守却不会有所减损，正像有些人不管他如何识时务，却因永远甩不掉内心的卑贱而难以成为俊杰一样，什么样的人格决定着什么样的价值选择。人格不仅仅是他们的一个标签，更是他们行走人生、步履天下的指南。用诗人李白的话说，就是"达亦不足贵，穷亦不足悲"（《答王十二寒夜独酌有怀》）。所以即便是面对生死，他们也能够如嵇康那般"目送归鸿，手挥五弦"（《四言赠兄秀才入军诗》其十四）。

在佛家看来，生、老、病、死是人生痛苦忧伤的根源，所以佛家认为修行的目的就是要看破红尘，剔尽俗欲，做到生不足悲、老不足忧、病不足畏、死不足惧，信奉放下就是解脱，因此会有"知死必寿"的说法。古埃及著名的"斯芬克斯之谜"讲述的同样也是一个如何认识我们自己的问题。在认识自己的命题中，对于死亡的理解可以说是所有终极思考的归结。是归于自然，还是有一个因果轮回，或者永远都与主同在，这些问题在提出的同时，其实也就一并给出了各自对于善恶认识的答案。而中国古代的诗人们，却把传统的文化信仰转化成了自己坚守的处世理想，使生活更加富有美感和诗意。生活的艺术化，直接的后果就是将那些自己没有可能再实现的人生追求，放逐到自己的生命方式里去燃烧。他们蔑视权贵，漠视世俗，傲视陈规，无视生死，最后凝聚生成了一种充满诗意的孤傲美和寂灭美。所以，他们在死亡来临的最后时刻，仍能保持一种"俯仰自得，游心太玄"（嵇康《四言赠兄秀才入军诗》其十四）的从容不迫，使死都显得不同凡响。

　　报国是儒生的最大信条，而节义又是他们的立身之本。所以一方面要"兼济天下"，另一方面又得"独善其身"，他们甚至更看重后者，认为"独善其身尽日安，何须千古名不朽"（罗贯中《三国演义》）。

　　所谓"不可以一时之得意，而自夸其能；亦不可以一时之失意，而自坠其志"（冯梦龙《警世通言》），不仅仅是文人们的内心支撑，其实，失意而不失志，也是一种英雄气概。这种气概，越王勾践有过，汉高祖刘邦也有过。他们在失意的时候，仍然心存"沉舟侧畔千帆过，病树前头万木春"（刘禹锡《酬乐天扬州初逢席上见赠》）的理想和希望，同样没有失志，而是在忍耐中成就了自己开创历史的功业。这不仅仅是一种生存谋略，更是一种博大的心智和胸襟。

失志是一种精神的坍塌。唯有精神的挺立，才可以令僵死的肉体重生。失意而不失志，是灵魂对肉体的救赎，而正是因为精神不死，生命才能被赋予一种高贵的意义。

毫无疑问，最让人动心的就是那种不因一时的失意而销蚀的高贵。凭着这种高贵，人们可以在生死存亡的边缘上"吟诗作赋北窗里"（李白《答王十二寒夜独酌有怀》），而不怨天尤人"凄凄切切复铮铮"（白居易《五弦弹——恶郑之夺雅也》）；可以洞察"锦江春色来天地，玉垒浮云变古今"（杜甫《登楼》）中的奥妙，用自己的温暖化开别人心头的冰雪；甚至，尽管是"苍蝇贝锦喧谤声"（李白《答王十二寒夜独酌有怀》），却仍然可以用屈辱之身点燃希望的火种。

天宝元年，李白怀着"长揖蒙垂国士恩，壮心剖出酬知己"（《走笔赠独孤驸马》）的心情，希望能够实现一种"了却君王天下事，赢得生前身后名"（辛弃疾《破阵子·为陈同甫赋壮词以寄之》）的夙愿，竭尽才思供奉翰林之职。然而生就谪仙人的青莲居士，即便踌躇满志却也只能成为装点盛世的"花匠"。由于朝廷昏庸，权贵排斥，他的政治抱负根本无法实现，这使他感到既惆怅又苦闷。

他不明白为什么会是这样，在感慨"人生飘忽百年内"的时候，只能通过"且须酣畅万古情"（《答王十二寒夜独酌有怀》）来寻求一个诗人怎么也不可能琢磨透的答案。字为李太白，酒有太白酒，当李太白捧起太白酒的时候，他岂能想不到长安城西南的太白峰？

豪情　酒酿的豪情千年醇

"太白与我语，为我开天关"，李太白登太白峰拜谒太白星，诸多的巧合促成了天地感应的人神之约，他所寄望的，却仅仅只是获得一些通灵感应，从而寻求新的转机。但是显然天公并不作美，给他的只是一个"举手可近月，前行若无山"的回答。是啊，当整个世界已经沉沦在一种自我陶醉的梦幻中的时候，医治它的最好药方就是"要想让他灭亡，必先让他疯狂"。作为诗人，一个生性狂傲、特立独行又随心所欲之人，原本只需"愿乘泠风去，直出浮云间"，就可自得其乐。但是，兼济天下的文人情怀让他又难以割舍，去还是留，守还是走，这种矛盾冲突让他发出了"一别武功去，何时复更还"（李白《登太白峰》）的喟叹。大济苍生的热情还在，但是施展管、晏之术，展现那种"吹尽狂沙始到金"（刘禹锡《浪淘沙九首》其八）的机会已经没了。

李白失望了，他在诗歌里反复表达自己的失意，于是写了一组《行路难》。路，指的就是自己的前途；行路难，就是实现理想的希望渺茫：

　　金樽清酒斗十千，玉盘珍羞直万钱。
　　停杯投箸不能食，拔剑四顾心茫然。
　　欲渡黄河冰塞川，将登太行雪满山。
　　闲来垂钓碧溪上，忽复乘舟梦日边。
　　行路难，行路难！多歧路，今安在？
　　长风破浪会有时，直挂云帆济沧海。
　　　　《行路难三首》其一

鎏金的屋檐下，不再是雨打芭蕉的惠风和畅；承天门外的子午长街上，又有多少政治掮客在觊觎窥视中涌向官门。霓裳舞乐掩盖着阉人的专横和外戚的骄纵，繁华的背后，一场空前的雷雨风暴已经在慢慢积蓄。然而这些，没有人顾得上认真地思考和面对，所以他只能发出一声"不知明镜里，何处得秋霜"（《秋浦歌》）的哀叹。

李白生活在盛唐时期，安天下、济苍生始终是他的人生理想。当他登上金陵凤凰台，登高怀古、感时伤世的情绪便油然而生，也就有了"总为浮云能蔽日，长安不见使人愁"（李白《登金陵凤凰台》）的诗句。他对浮云蔽日的焦虑，正是对帝王的忠心；对国都长安的担忧，正是对国家前途的思考。李白一生仗剑天涯，寄情山水，浪漫豪放，仿佛什么事都不放在心上，但这首凤凰台上的感慨似乎透露了李白志在报国的豪情。

诗人离开了长安，就如同从天宫又回到了人间。要保持自己傲岸的身姿，唯一能做的，或许就是一次次地登高，再一次次地远望了。但是，"凤凰台上凤凰游，凤去台空江自流"（李白《登金陵凤凰台》），似乎一切又都只能悉听尊便、任其发展了。

远望，是古人在完成一次次的自我激励时不约而同的选择，所以"登高望远自伤情"（武元衡《登阖闾古城》），"登高远望形神开"（李白《鲁郡尧祠送窦明府薄华还西京》），"登高望远海"（李白《宣州九日闻崔四侍御与宇文太守游敬亭余时登响山不同此赏醉后寄崔侍御二首》其二），"更上一层楼"（王之涣《登鹳雀楼》），等等，使高山名楼都成了他们抒发情怀的道场。目之所及，心之所至，"云峰满目放春晴，历历银钩指下生"（鱼玄机《游崇真观南楼睹新及第题名处》），沧海桑田，万里河山，身世之感、家国之叹、兴亡之变，都能令诗人荡气回肠，无限感慨。"日月之行，若出其中；星汉灿烂，若出其里"（曹操《观沧海》），枭雄或书生都将心怀的伟岸、志向的高远、气度的恢宏容纳在波澜壮阔的自然之中。此时的登高，已经不仅是一种行动，更是一种心绪、姿态和情怀。

情怀是文人所共有的人格，所以当陈子昂的眼里同样有了"树木丛生，百草丰茂。秋风萧瑟，洪波涌起"（曹操《观沧海》）的那种远望心境时，也就自然生出了"前不见古人，后不见来者。念天地之悠悠，独怆然而涕下"（《登幽州台歌》）的感叹。诗人登高，能将自己俗世的目光涤净纤尘，从而跨越时空的隧道，直抵内心牵记的彼岸。天悠悠之高远，地悠悠之壮阔，与漫长的历史长河比起来，自己是如此渺小而微不足道。人生无奈、独自哀伤，"我"只能在此怀古伤今，暗自垂泪。听起来，陈子昂应该是孤独的，千百年的寂寥都在他的笔下荡漾，但实际上，他的"独怆然而涕下"似乎并没有太多的伤感，反而给人以"问苍茫大地，谁主沉浮"（毛泽东《沁园春·长沙》）的忧怀天下、志在千秋的豪迈启示。

李泽厚先生在《美的历程》中说过这样的话："陈子昂写这首诗的时候是满腹牢骚，一腔愤慨的，但它所表达的却是开创者的高蹈情怀，一种积极进取、得风气先的伟大孤傲感。它豪壮而并不悲痛。"陈子昂生活在初唐时期，天下初定，万事更新，一切都处在激烈的变化中，他含着对历史层层断裂的悲痛，但也有对新生的渴望与追逐。所以，他没有杜甫"儒冠多误身"（《奉赠韦左丞丈二十二韵》）的叹息，也没有白居易"鬓毛不觉白毵毵，一事无

诗词里的至情人生

（南宋）梁楷　《泼墨仙人图》

成百不堪"（《除夜寄微之》）的惋惜，更没有宋人张孝祥"忠愤气填膺，有泪如倾"（《六州歌头·长淮望断》）的愁苦。相反，他的诗中始终都贯穿着报国的激情。所以，即便悲伤、孤独，也都显示出了他格局的大气与开放。这不仅是陈子昂一个人的个性特色，更是唐代诗人的整体特色，因为，在大唐空气中就弥漫着一股空前的大丈夫之风。所以，在他们的诗句中，"连忧伤都是浩荡的，连曲折都是透彻的，连私情都是干爽的，连隐语都是靓丽的"（余秋雨《唐诗几男子》）。并且，这种诗风，被一批批的杰出诗人承接传扬了开去，并使之成了一种精神坐标，把激荡在他们心中的血液热度，弥漫到了人文历史的细微深处。那种浩荡伟岸的人格，感染并温暖了千百年后的"来者"。

当然，"登高"诗中的绝唱，应该算是王之涣的《登鹳雀楼》了。有评论甚至说此诗堪称"独步千古"。因为"欲穷千里目，更上一层楼"，既是观赏风光的道理，也是漫步人生的哲学。就像邓丽君在歌中唱的那样："越过高峰另一峰却又见，目标推远让理想永远在前面。"只是歌者的不断攀越源于追逐浪漫生活的渴望，而诗人的脚步，追赶的却是天地的节奏和易逝的光阴。只有当胸怀和气度都达到了"不畏浮云遮望眼，只缘身在最高层"（王安石《登飞来峰》）的境界，才会有"白日依山尽，黄河入海流"的广阔视野。所以王维说："山临青塞断，江向白云平"（《送严秀才还蜀》），"万壑树参天，千山响杜鹃"（《送梓州李使君》），孟浩然讲："千山叠成嶂，万水泻为溪"（《游江西留别富阳裴、刘二少府》），他们都能把多层次的时空画面进行组接，让我们游目骋怀。

站得高，不仅看得远，心怀也能顿时放大。试想，当日升日落、潮起潮落都被微缩成为一幅卷轴的时候，他们怎能不生出一些"指点江山，激扬文字，粪土当年万户侯"（毛泽东《沁园春·长沙》）的畅想。

　　古人登高的方式，除了登山，还有登台、登楼，杜甫就有"花近高楼伤客心，万方多难此登临"（《登楼》）的句子。一切可以令自己摆脱困惑、开阔胸襟的地方，都是他们争相移步的去处。这似乎是登高的魅力，也是诗人们积极奋进的象征。无论他们是悲怆的还是豪迈的，却都是出于那种远阔的胸臆和高蹈的志趣。他们不拘泥于一台一楼一山的景物，而是将深刻的历史感、悲壮的现实感都融汇在景物里，贯穿在诗篇中。一方面，唐代辽阔的疆域给诗人们放眼山河留下了巨大的空间；另一方面，唐代的大气、刚健和明朗，也令诗人们壮志在胸，意气风发。他们"西上太白峰，夕阳穷登攀"（李白《登太白峰》），为的不是写诗作赋，而是要完成一次思想的洗练和升华，一次精神与情操的萃取和提升。正因为此，他们才能有"长风吹月度海来，遥劝仙人一杯酒"（李白《鲁郡尧祠送窦明府薄华还西京》）那样梦幻的体验。

　　诗人们一面抱怨世风日下，一面却对政治的清明、国运的亨通寄予深切的希望。因此，他们笔下的时代悲歌，常常没有愁苦与绝望，反而是对建功立业的渴望。生于唐朝，历史的好戏刚刚开场，"登高远望形神开"（李白《鲁郡尧祠送窦明府薄华还西京》）的诗人们，面对着"白云千里万里，明月前溪后溪"（刘长卿《谪仙怨》）的自然变迁，除了感慨时代沧桑，更多的还是内心不断涌起的对未来的期望。

　　生逢盛世，无论有着怎样的抱怨，其实更多的还是"愿寄浮天外，高风万里回"（项斯《黄州暮愁》）的憧憬。李白说"行路难"，并且感觉"大道如青天，我独不得出"（李白《行路难三首》其二），似乎也是在抱怨，不平之气溢于言表。可是他又接着说"且乐生前一杯酒，何须身后千载名！"（《行路难三首》其三）显然，在他的世界里，世路难行，但却仍要继续努力；人生漫漫，还需上下求索。杜甫也一样，他在《望岳三首》其一中也表达出了那种昂扬奋进的精神。盛唐在他的诗歌里，以"会当凌绝顶，一览众山小"的气势屹立千古，也随着杜甫的青春、唐朝的豪迈永垂不朽。他们留给后人的那种失意但不失志的精神，让我们感受到的是，不管前路如何坎坷曲折，他们都要用青春的热情浇铸人生的丰碑。

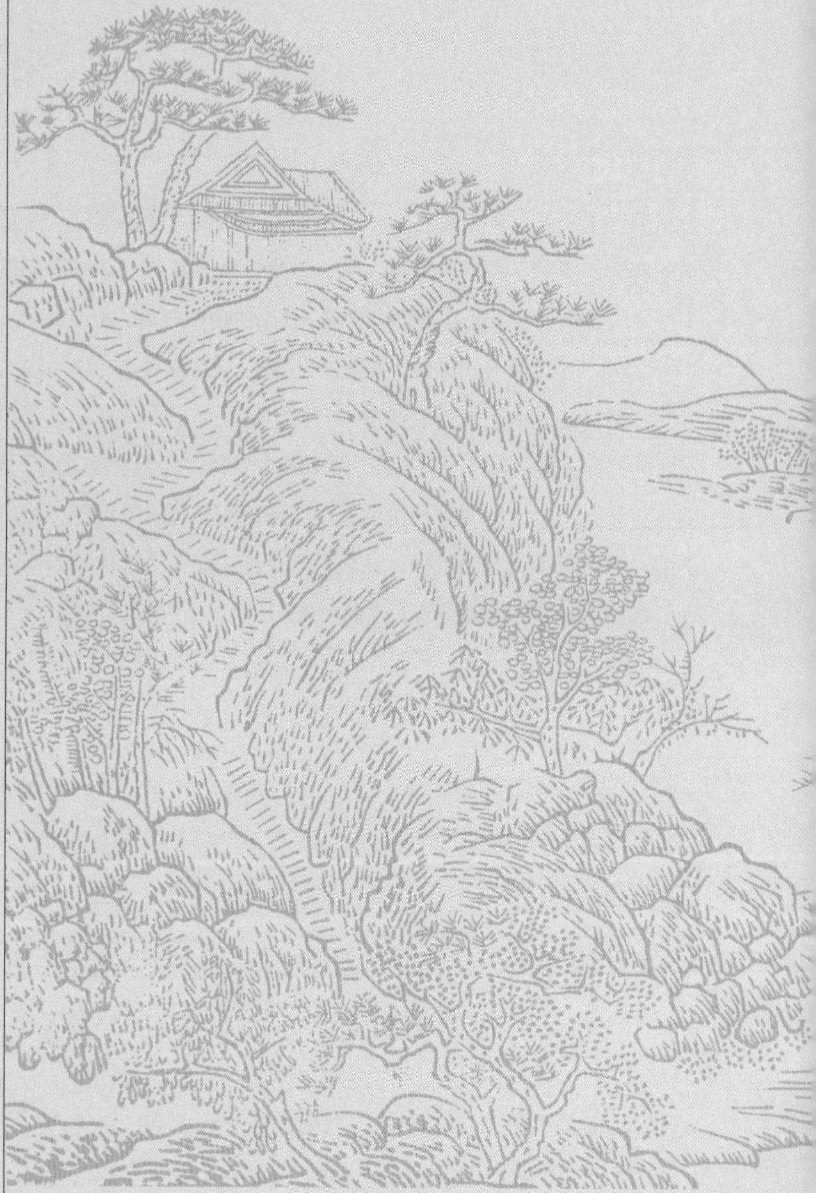

友情　一生难求的期盼

古人说『在家靠父母，出门靠朋友』，我们每个人都渴望拥有很多朋友帮助自己渡过难关，更希望拥有高山流水般的倾心知己。在作者恣意挥洒的笔下，我们在古人与现代诗人的优美诗句中随意穿梭，领略到友情带给诗人们欢喜、伤感、失望和怅惘的真切情怀，并从中采摘照耀历史长空的友情光华。诗句中有史实，史实中有趣事。比如嵇康与山涛的生死之托，元稹与白居易的千古绝唱，等等。那些晶莹的友谊之花，都是诗人们用生命之水浇灌的，也永远摇曳在时光的深处。

君子之交淡若水

在家靠父母，出门靠朋友

友情是一条藤蔓，它可以环绕彼此的人生；友情是一座桥梁，它可以联通彼此的心灵。

真正的友谊很单纯，不掺杂功利心，不依靠事业、祸福和身份，不依靠经历、地位和处境。它是人与人之间的一种相互理解和尊重，是人与人之间心灵上的默契和贴近。友谊，如人生的甘泉，人人都需要；友谊，又如生活中的氧气，谁都离不开。正如古人所说："在家靠父母，出门靠朋友。"有一首歌也唱得好："千里难寻是朋友，朋友多了路好走。……千金难买是朋友，朋友多了春长留。"

人生的道路其实都不平坦，靠一个人的脚力是走不了远路的。只有大家互相借力，路才能越走越远，事才能越做越好。所以说，"大丈夫处世处，当交四海英雄"（《三国志·蜀书·刘巴传》）。但交友又是当慎之又慎的事情。"以财交者，财尽则交绝；以色交者，华落而爱渝。"（《战国策·楚策一》）"以权利合者，权力尽而交疏。"（司马迁《史记·郑世家》）真正的朋友不把友情挂在嘴上，他们并不为了友谊而互相要求什么，而是彼此都在为对方办一切办得到的事。所以司马迁说："一死一生，乃知交情。一贫一富，乃知交态。一贵一贱，交情乃见。"（《史记·汲郑列传》）

采葵莫伤根，伤根葵不生。
结交莫羞贫，羞贫友不成。
《古诗源·古诗》

交友与名气或财富无关。所谓"一贵一贱交情见"（骆宾王《帝京篇》），就是指交友交心和交人交情的道理。朋友如茶，需要用整个人生去品味。如庄子所说"君子之交淡若水，小人之交甘若醴；君子淡以亲，小人甘以绝"（《庄子·外篇·山木》），意思是君子相交淡如清水却日渐亲近，小人之交甜如蜜糖反而会疏远分离。

先哲的智慧是人类的至宝，它让我们不断体会着"人生交契无老少，论交何必先同调"（杜甫《徒步归行》）的道理。我们深深地懂得："人之相识，贵在相知；人之相知，贵在知心。"（《孟子》）当然，友谊在不同的时代被赋予不同的含义。然而在人际关系日益商品化的时代，人们的精神似乎麻木了，友情似乎也成了"翻手作云覆手雨，纷纷轻薄何须数"的儿戏，那种"君不见管鲍贫时交"（杜甫《贫交行》）的纯真友情只能在文化追忆中去寻觅了。也正因为管鲍之交的少有，所以在深受文人们推崇的同时，也满含着他们对纯真友谊的期待，所以李白会在他的诗歌中赞美道："毋令管与鲍，千载独知名。"（《读诸葛武侯传书怀赠长安崔少府叔封昆季》）

凡是能以道义、忠信、名节律己识人的，都能成为道合的伙伴、志同的好友，并能始终如一，便是君子之交；那种以实用主义的态度交友，有利则亲密无间，无利则白眼相见，便是小人之交。正如"嘤其鸣矣，求其友声"（《诗经·小雅·伐木》）一样，而能够成为"响必应之于同声，道固从之于同类"（骆宾王《萤火赋》）的朋友，大部分都是志同道合、意气相投之人，常言说得好："物以类聚，人以群分。"

历史上的君子之交还有许多，除了管仲与鲍叔牙之外，还有俞伯牙与钟子期、嵇康与山涛、郑少谷与王子衡、柳宗元与刘禹锡、薛仁贵与王茂生等等，他们那种惺惺相惜的友谊，想一想都让人倍感温暖并心向往之。

嵇康是"竹林七贤"中的名士，在文学、音乐方面造诣颇深。七贤中还有一个人叫山涛，他当时是吏部尚书郎，也是一个职位并不算低的官员，但后来却厌倦了官场，执意要辞职回家。朝廷让他推荐替位的合格人选，他便诚意地推荐了嵇康。嵇康知道后，立即写了一封绝交信给山涛。山涛字巨源，因此这封信名为《与山巨源绝交书》。与山涛绝交本是私事，但因绝交书中历数了官场的种种不是，不想却惹恼了司马昭，结果引来了杀身之祸。嵇康虽然给山涛写下了中国文学史上最著名的绝交书，但临终前却告诉自己的儿子："巨源在，汝不孤矣。"意思是说，只要山涛在，你就不会成为孤儿。果然，后来对嵇康的儿子照顾最多、恩惠最大的就是山涛。这就是魏晋名士的友谊，稳固如金，百炼而色故。

明朝的诗人郑少谷与王子衡相距遥遥千里，两人从来没有见过面，彼此却很倾慕对方。郑少谷曾写诗赞美王子衡："海内谈诗王子衡，春风坐遍鲁

（南朝）《竹林七贤与荣启期·嵇康、山涛》

诸生。"（《漫兴》十首）意思是，当王子衡讲评诗歌时，就是鲁国孔子的弟子听了，也会如沐春风。后来，郑少谷不幸去世，王子衡惊闻噩耗，哀伤至极，他不顾千里奔波，特地赶到福建，为他办理后事，宽慰丧属。这一对神交诗友的深厚友谊，一直被人称道。

  在唐贞观年间，薛仁贵尚未得志之前，与妻子住在一个破窑洞中，衣食无着落，全靠王茂生夫妇接济。后来，薛仁贵参军，在跟随唐太宗李世民御驾东征时，因战功卓著，被封为"平辽王"。一登龙门，身价百倍，前来王府送礼祝贺的文武大臣络绎不绝，可都被薛仁贵婉言谢绝了。他唯一收下的就是那位布衣百姓王茂生送来的"美酒两坛"。一打开酒坛，负责启封的执事官吓得面如土色，因为坛中装的不是美酒而是清水。薛仁贵不但没有生气，还当众喝下了三大碗。在场的文武百官不解其意，薛仁贵说："我过去落难时，全靠王兄弟夫妇经常资助，没有他们就没有我今天的荣华富贵。如今我美酒不沾，厚礼不收，却偏偏要收下王兄弟送来的清水，因为我知道王兄弟贫寒，送清水也是王兄的一番美意，这就叫君子之交淡如水。"此后，薛仁贵与王茂生一家关系甚密，"君子之交淡如水"的佳话也就流传了下来。

  他们的这些留之于后世的友谊佳话，既有相互之间的认可与赏识，也有志同道合的相知与相惜，更有纯真友情的倾心与信任，并由此而接引出了先贤的傲岸和文人的诗意，同时，也接引出了千古知音的曲调和七弦琴的断弦碎片。每一个故事，又都是从一个无言的起点，指向了另一个无言的结局，而这便是友谊。我们无法用更好的词汇来表述它的高远和珍罕，但却早已把由他们奏响的友谊之歌刻记在了整个民族的记忆里，并使之成了中国文化中强烈而悠扬的共同期待。

  他们之间的友谊，似乎更与恩义同在。于他们来说，如果没有了友谊，仿佛斯世不过只是一片荒野，而这种从心出发、为心相守的友谊，比爱情还要恒久，比亲情更加开阔。有人说：什么是爱情？两个灵魂一个身体。什么是友情？两个身体一个灵魂。它告诉我们：在爱情里，恋人以身结合共坠红尘；在友情里，友人以灵魂结合共渡逝水。所以，能抵达心灵的领地并肩驰骋的还是友情。因为友情，是灵魂的婚姻。

  而在关于友情的传说中，最丰盛也最浪漫的还是要从唐诗中去寻找。因为唐朝的诗人能为它说"行色秋将晚，交情老更亲"（杜甫《奉简高三十五使君》），肯为它说"海内存知己，天涯若比邻"（王勃《送杜少府之任蜀州》），愿为它说"桃花潭水深千尺，不及汪伦送我情"（李白《赠汪伦》）。在唐朝的诗中，我们能够清楚地感知，这是一个有山有水的时代。那个时候他们都可做以山为琴、以水为弦的诗人。伯牙来了，子期还在，而不是人殁琴断，山在水涸。也不会让你产生人间不能再无流水之弦，或再没一曲可歌可泣回响的遗憾。

  这些诗人的诗篇流光溢彩，而诗人之间的感情更是一往情深。他们是友情以上，恋爱未满。这种友情比爱情少了一些情欲，却比爱情更加肝胆相照。他们的情，不是爱情，胜似爱情。

  他们可以没有一场惊天地、泣鬼神的爱情，却不能没有这种情不知所起、一往而深的友情。我不知道李白、白居易他们的友情，却听到了李白大喊："吾爱孟夫子。"（《赠孟浩然》）看到深夜里白居易一往情深地流露："此夕我心，君知之乎？"（《与元微之书》）还有刘禹锡和柳宗元的生死之情："君为已矣，余为苟生。"（刘禹锡《重祭柳员外文》）以及韩愈的高声吟唱："我愿身为云，东野变为龙。"（《醉留东野》）喜欢这种干净、深情、酣畅淋漓的感情。若说爱情是一场海誓山盟，那么这样的友情便是海枯石烂。

美好的朋友之情，每每回顾都能让人心向往之。正是因为有了那份心心相印、惺惺相惜的真情厚意，所以，当他们在分别之后再次相见的时候，也一定会上演一场大喜过望和欣喜若狂的《喜相逢》了。所以孔子才会说："有朋自远方来，不亦乐乎？"（《论语·学而》）

唐时的刘长卿在等待朋友过访时，那种心绪不宁的惶急之态，还有朋友依约到来后带给他的惊喜心情，以及他那种对真知己的真期待，在下面这首诗中表达得淋漓尽致：

> 荒村带返照，落叶乱纷纷。
> 古路无行客，寒山独见君。
> 野桥经雨断，涧水向田分。
> 不为怜同病，何人到白云。
> 　　　　刘长卿《碧涧别墅喜皇甫侍御相访》

刘长卿盼望友人应约来访，不料已时近黄昏。沙沙之声并非脚步声而是落叶声。所以"乱纷纷"的，也不仅仅是落叶，更是诗人的心绪。他在屋里坐不住，走到门外去迎接，但路上并没有走来的行人。连别人都不走的路，

（清）苏六朋《太白醉酒图》

朋友还会来么？心绪更不宁了。诗人正在焦急期盼的时候，终于有一个人的身影出现在了远处。再仔细一看，正是所盼好友。试问此时，诗人将是如何的欣喜！朋友见他在路上相迎，连忙解释是刚过的一场大雨，冲断了桥，路走不通了，只得绕一个大圈子过来。环境这么恶劣还能依约前来，无名无利，来的必是真知己，怎不大喜过望。更应该看出的是，只有真正的朋友才会恪守承诺，翻山越岭，不畏路途艰辛，依约来相会。

据黄鹤《黄氏集千家注杜工部诗史补遗》讲，在上元二年（761）春天，五十岁的杜甫在历尽颠沛流离之后，终于结束了长期的漂泊生涯，在成都西郊浣花溪头盖了一座草堂，暂时定居下来。诗人久经离乱后，安居在山美水美，鸥群日日结队飞的草堂，所以心情自然大好，而此时又恰逢崔明府来访：

> 舍南舍北皆春水，但见群鸥日日来。
> 花径不曾缘客扫，蓬门今始为君开。
> 盘飧市远无兼味，樽酒家贫只旧醅。
> 肯与邻翁相对饮，隔篱呼取尽余杯。
>
> 杜甫《客至》

显然，诚朴厚道的诗人见到来客后已经喜不自禁，连忙把不曾扫过的花径打扫干净，把不曾打开的柴门也专门打开。由于住地远离闹市没有好菜，他就拿出家中仅存的陈酒，又把隔壁的老翁叫上一起陪朋友喝酒。真是情真意切。

朋友相见，除了欣喜之外还包含着深深的关切。韦应物的朋友冯著一度隐居灞陵，有一天他和韦应物相遇于长安街头：

> 客从东方来，衣上灞陵雨。
> 问客何为来，采山因买斧。
> 冥冥花正开，扬扬燕新乳。

>   昨别今已春，鬓丝生几缕？
>   韦应物《长安遇冯著》

"他乡遇故知"是中国传统的四大喜事之一。明代吴伟业于战乱之后在他乡遇到故人时的惊喜就是一个具有说服力的印证。当时他因为幸福来得太突然，甚至都不敢相信自己的眼睛：

>   已过才追问，相看是故人。
>   乱离何处见，消息苦难真。
>   拭眼惊魂定，衔杯笑语频。
>   移家就吾住，白首两遗民。
>   吴伟业《遇旧友》

已经错过才想起追问，仔细看才发现是故人。战火已经遍及各地，邮路不通、通信不畅，所以谁也不知道谁的消息。即使是得到一些传闻，也都真假难辨，反倒会让人更加挂念。而在一个没有想到的时间，又是一个不能预料的地点，突然与时时挂念的老友相遇，情不自禁，喜极而泣。

也有与朋友相约后因为一时有事而不能依约前来的，而这时的那个等人的人又会是一种怎样急切的心情呢：

>   重门朝已启，起坐听车声。

> 要欲闻清佩，方将出户迎。
> 晚钟鸣上苑，疏雨过春城。
> 了自不相顾，临堂空复情。
>
> 王维《待储光羲不至》

而在宋代文人化的社会环境下，友人之间的等待就显得优雅从容而又清绝可人了：

> 黄梅时节家家雨，春草池塘处处蛙。
> 有约不来过夜半，闲敲棋子落灯花。
>
> 赵师秀《约客》

也有朋友没有依约前来而让人极度失望的：

> 佳人重约还轻别。怅清江，天寒不渡，水深冰合。路断车轮生四角，此地行人销骨。问谁使、君来愁绝？铸就而今相思错，料当初、费尽人间铁。长夜笛，莫吹裂。
>
> 辛弃疾《贺新郎·把酒长亭说》

相知相惜的朋友一旦分别，那些曾经在一起的快乐时光便被诗人们珍藏在了心里。不论相隔多远，分开多长时间，珍藏中都有彼此的挂念。两个朋友，各自漂泊江湖，一个天南，一个海北。每当独对孤灯之时，尤其是又适逢夜雨来临，思念的情思便会倏然涌起，令人深宵难寐，从而让人"却忆泪沾巾"（李白《对酒忆贺监》）。

> 我居北海君南海，寄雁传书谢不能。
> 桃李春风一杯酒，江湖夜雨十年灯。
> 持家但有四立壁，治病不蕲三折肱。
> 想得读书头已白，隔溪猿哭瘴溪藤。

黄庭坚《寄黄几复》

诗人说，你我两地相隔已经十年，然而南飞的秋雁却始终都不能为我传去那份想念你的心情，而我对你的思念却从来都没有改变。

十年的沧桑究竟会有多少世事的变迁，不知为何，诗人都喜欢用十年的长度来度量他们感情沉积的厚度，所以每当自己的人生经历了曲曲折折的变幻之后，都会不由自主地发出"十年生死两茫茫"（苏轼《江城子·乙卯正月二十日夜记梦》）的感叹。虽然当年的情景还如昨天，而今却早已时过境迁，宦海浮沉中总有让人道不尽的悲凉和无奈：

> 记得金銮同唱第，春风上国繁华。如今薄宦老天涯。十年歧路，空负曲江花。　　闻说阆山通阆苑，楼高不见君家。孤城寒日等闲斜。离愁难尽，红树远连霞。

诗词里的至情人生

60

〔明〕刘俊 《雪夜访普图》

欧阳修《临江仙·记得金銮同唱第》

  阆山，本是荒凉之地，但诗人却说那是神仙居住的地方。虽然关山重重，道路遥遥，但是由此而展现的高维度视野，反而为友人打开了一片更加宽阔的生命空间。然而想到与朋友刚刚相逢，马上又要匆匆作别，诗人还是禁不住万般的愁绪，于是涌出了"离愁渐远渐无穷，迢迢不断如春水"（欧阳修《踏莎行》）般不断加深又持续相生的离愁。多年的遭遇，多年的思念，多年的追求，都是那样让人留恋，就像映在晚霞中经霜红叶的树影，婆娑着斑斓的心曲。

  思念是一种很玄的东西，如影随形，无声无息又无时不在，出没在人的心底，转眼之间便会把人吞没在寂寞里，如李白所说"言亦不可尽，情亦不可及"。山川河流可以阻隔人的生活交往，却无法阻隔心与心的召唤，正所谓"寄君千里遥相忆"。（李白《忆旧游寄谯郡元参军》）于是每当相逢，便总会有愿聚恐散的心情，而流露出聚散无常的伤痛：

  把酒祝东风，且共从容。垂杨紫陌洛城东。总是当时携手处，游遍芳丛。 聚散苦匆匆，此恨无穷。今年花胜去年红。可惜明年花更好，知与谁同？

欧阳修《浪淘沙》

  "却顾所来径，苍苍横翠微。"（李白《下终南山过斛斯山人宿置酒》）当繁华落尽灯影疏离，夜阑人静处有谁与之共鸣？

（明）唐寅《溪山渔隐图》（局部）

最感动的时刻，来自被朋友惦念；最美的时刻，源于想起了朋友：

> 嵩云秦树久离居，双鲤迢迢一纸书。
> 休问梁园旧宾客，茂陵秋雨病相如。
> 李商隐《寄令狐郎中》

久别远隔，两地思念。正当自己闲居多病、秋雨寂寥之际，忽得故交寄书殷勤问候自己，感到友谊格外温暖。

这就是朋友。他们把最真挚、最真切、最真诚、最真心的情感，送给了对方，也留在了自己的诗页里。他们就是用一首首滚涌着热浪的句子，诠释了友谊的真谛，并由此也让我们深深懂得了友情的意义。

　　友情不在乎对方的相貌，也不在乎对方的身份地位。他们无须刻意隐瞒自己，能容纳对方的所有瑕疵，他们肯为对方付出关爱，能为对方舍弃自己的欢娱。当你遇到挫折时，他会为你送去温馨给你鼓励，给你信心，做你的坚强后盾；在你感到迷惑时他能给予指点，会不厌其烦地帮助你；当你心情沮丧时，他不会和你一样满腹愁怨，而会用他的方法来替你排遣烦闷，给你一片澄净；当你心情愉快时，他也会把自己的快乐告诉你，并送上最真心的祝福，与你共享那份喜悦。

　　友情没有相互间的占有欲，只有默默地奉献自己。朋友就是彼此的牵肠挂肚，朋友就是彼此的心领神会。人生一辈子，都离不开知己、朋友的温暖，正如最香的花永远珍藏在心底，芬芳妖娆；最美的诗歌永远珍藏在心扉，缠绵温馨；最深的友情也一定会永远珍藏在心里，念念不忘。

高山流水千年调

山河不足重，重在遇知己

烽烟起，"笳鼓震天鸣"（沉采《千金记·囊沙》）、"去时儿女悲"（曹景宗《光华殿侍宴赋竞病韵》）的私情顿时一扫而尽。一声"恨登山临水，手寄七弦桐，目送归鸿"（贺铸《六州歌兴·少年侠气》）的歌唱响起，穿透了"旌旗耀日明"的高岗，让人仿佛觉得，好似山水间的那把古琴在低低地吟唱。恍惚中，一个年少轻狂而又壮志满怀的青年，手握长剑，把一腔热血挥舞成了襟前呼啸而起的劲风。太阳渐渐西斜，熔金般的落日光艳得让人迷茫，晚霞带着无尽的沉思洒在天边的云上，给振翅远行的大雁镀上了一层薄薄的绯红。

　　经历了人生百味之后，所有的感慨都化为了沉默，也化为了挥手之间的潇洒，而让琴音终于有了百转千回的味道：不为高山流水知音难觅，不为凭吊古来骚客的多愁善感，只为那双本应握着利剑的手，而今却只能拨弄这纤细的琴弦。

　　我曾经在百无聊赖的夜里眺望黑的空寂，想象着世间曾奏出过《广陵散》的曲调，我甚至把自己幻想成晋时的路人，撞进千年前那个清冷的刑场，突然被一声高洁的曲调所吸引，而不再想着前行的路。一场黄洋界上的相逢，促成了一种难以磨灭的向往。当时感觉嵇康"手挥五弦，目送归鸿"的魏晋风范洒脱而任性，而后来的元好问又将文人的情怀和意趣进行了重新定位：

　　　　今古北邙山下路，黄尘老尽英雄。人生长恨水长东。幽怀谁共语，远目送归鸿。　　盖世功名将底用，从前错怨天公。浩歌一曲酒千钟。男儿行处是，未要论穷通。
　　　　元好问《临江仙·自洛阳往孟津道中作》

　　这首词作于元好问去往孟津的行旅途中，路上作者触景生情，吊古伤今，抒发了自己忧怀天下的情感。

　　北邙山在河南洛阳以北，古代王侯公卿多葬于此，唐新乐府有《北邙行》，所以作者会有"黄尘老尽英雄"的感慨。这里的"老尽"蕴含着诗人对英雄怀才不遇、空老京华的感伤，而"人生长恨水长东"就是他不由自主生发出的慨叹。此句借用了李煜的"自是人生长恨，水长东"（《相见欢》）句，但却少了原作的凄楚，增添了悲壮之情。作者的一腔幽怨无人共语，有英雄独愁的悲凉，把贺铸在《六州歌头·少年侠气》里表达的那种壮志难酬、悲愤难平的情绪，借着飞鸿阵阵婉转传出，并隐约可闻声声琴弦，将那经年积成、喷薄如火而又无处倾泻的悲苦与哀怨，径直送到了读者的心底。

人说知音难觅，然而在诗词的海洋之中，知音却总能在一个不经意的句子中惊鸿一闪，恰如"众里寻他千百度"一般，总是会在"蓦然回首"之间，收获"那人却在，灯火阑珊处"（辛弃疾《青玉案·元夕》）的惊喜。也如"有情人终成眷属"（王实甫《西厢记》）一样，其实说的也是有缘、有识和有知，都是一见如故、相见恨晚的情感。在你百寻不得的时候，另一颗文心往往也正在等待着与你实现跨越时空的相逢。

最早相逢于书中江湖的，自然是俞伯牙与钟子期的传说了。明人李日华曾经写过"高山流水千年调，白雪阳春万古情"（《南西厢记·琴心写恨》）的句子，我长久地沉浸于那种"山河不足重，重在遇知己"（鲍溶《壮士行》）的畅想和迷惘之中。知音是什么？从他们的故事可以得出，知音是一种最不经意的倾心，是一种最无目的的贴心。他们相逢于云开月出的江岸旷野，却相知于前世今生的各自心底，堪称是"相知无远近，万里尚为邻"（张九龄《送韦城李少府》）的真实呈现。

知音不同于友人，因为朋友来源于相互的慰藉，而知音则来源于内心的相通。俞伯牙鼓琴，当他志在高山之时，钟子期听出了"峨峨兮若泰山"的感觉；而他转而再志向流水之时，钟子期又听出了"洋洋兮若江河"的味道。

俞伯牙的所思所念，钟子期每必得之。他们两人虽不曾有过祸福与共、风雨同舟的经历，但却有着"心有灵犀一点通"（李商隐《无题》）的共鸣之频，也正因为"知音能解瑶琴事"，所以自古以来对知音的渴望就成为代代文人的最大心愿，由此王勃写下了"海内存知己，天涯若比邻"（《送杜少府之任蜀州》）的句子，曹雪芹又说"万两黄金容易得，知心一个也难求"（《红楼梦》），而鲁迅也发出了"人生得一知己足矣"的感叹。

孟浩然说"知音世所稀"。纵是京城给予他的只是前途的无望，但却因为在此结交了一个知心的王维，所以仍然无法割舍那份难得的情感而离去，因此他满腹都是"欲寻芳草去，惜与故人违"（《留别王维》）的不知所措。从中可以看出，那种对于知音的珍惜之情铺满纸页，溢于言表。《增广贤文》说："相识满天下，知心能几人。"的确，若要细数世间能成为知音的人，确实不过区区几人而已。

孙登的知音可以说是阮籍，他们的交流竟可以一句话都不用说。在他们看来，灵魂的交流根本无须用语言做介质，因为语言本身就是外在的交流工具，而他们所关注的人生困惑都是一定要直抵内心的艰深话题。所以，说话对他们而言肯定是多余的，他们所需要的，是完成一次心灵的撞击。因此，他们留给后世的那次交流，就只能是一声低沉而又婉转的啸声了。他们的啸声，没有任何切实的内容，也未遵循一定的节律，只是随心所欲地发出，但却吐露出了一派魏晋的风致和一腔时代的心曲。他们尽情地一啸，似乎什么也没有说，但又什么都在里面了，美丽而孤寂的心声在圣洁的灵魂间驰骋回翔。简简单单的一声长啸，却完成了这对奇人关于历史和哲学诸多思考的一问一答。白居易说："交心不交面，从此重相忆。"（《伤唐衢二首》其一）可见，即便是不曾谋面，也能成为终生至交；即使是淡淡的一次相逢，也能有"未言心相醉，不在接杯酒"（陶渊明《陶渊明集》）的感言。

  阮籍的知音应该是嵇康。阮籍母亲去世的时候，对于按常人礼节前来吊唁的人，无论名望大小、职位高低，他一律都以一个白眼相向。然而嵇康却提着酒、背着琴来到了灵堂。这看似离经叛道的举止，却突然在他们两人中形成了一种独特的共识。于是，一场特殊的祭奠仪式堂而皇之地上演了。他们要用酒和音乐为阮籍辛劳一生的母亲送行。酒是为了纪念先人的恩德，音乐是为了歌颂亲人的华章。在壮阔的曲调中，母亲的音容笑貌在她一生勤俭持家的困苦经历中一一呈现，母爱、恩德、思念，促成了一次对母亲最大的追忆和悼念，致使阮籍的心中翻腾起了滚滚的洪流，终于心中一热，泪如雨下。

  而向秀又是嵇康的知音。嵇康在铁匠铺里打铁的时候，向秀怕他太劳累、太寂寞，就悄悄来到他的身边，什么也不说，什么也不问，只是挽起衣袖，一声不吭地开始帮着打铁。似乎他们一直就是这样，就像是两个从前世走到今生的搭档，一个拿铁钳掌主锤，一个握大锤搭下手，在叮咚的节奏里变换着地老天荒的情谊。即便是再怎么朴素自然的生态，也一样需要亲情的相互慰藉。虽然这种慰藉没有通过语言传递，但是相互的关爱和牵挂，却通过生命中一种自然生成的默契，心照不宣地来了，又默默无语地相互陪伴。简单地吃饭、干活、睡觉，真实、真切和真诚的情感表达，看似淡泊实则浓烈。元代翁朗夫说："友如作画须求淡，山似论文不喜平"（《尚湖晚步》），或许就是这样的意味。

"相知在急难，独好亦何益"（《君马黄》）是李白的感慨，也是对相知的又一个定义。知音、知己和相知，是能够在心灵上相通、相互了解的人，是能够相互体谅，以心相悦、以心相伴的人，所以还可以称之为知心。所以孟子说："人之相识，贵在相知，人之相知，贵在知心。"（《孟子·万章下》）他们可能近在咫尺，也可能相隔遥远，但却有着"当君远相知，不道云海深"（王昌龄《寄欢州》）的珍重。他们想念时不一定会告诉对方，但心里却在时时牵挂。他们能读懂对方的眼神，能明白对方每句话的含义。不一定朝夕相处，但一定会把对方放在心里，因为我们都有那种"酒逢知己饮，诗向会人吟"（《增广贤文》）的渴念。就像王维说的那样，两人或许只是"相逢方一笑"的来往状态，但是离别时却有着"相送还成泣"（《齐州送祖三》）的不舍。

李白与杜甫的友情，可能是中国文化史上除俞伯牙和钟子期之外最被推崇的，但他们的交往却很短暂。李白写了两首诗给杜甫，其中有一句："飞蓬各自远，且尽手中杯。"（《鲁郡东石门送杜二甫》）从此他们再也没有见面，李白的人生里杜甫也没有再出现。"一杯薄酒尽余欢"的相别，然后天涯路远。尽管他们再没有须臾的回首，但多情的杜甫在这以后却一直处于对李白的思念之中，他遥望着李白再没回头的背影，不管流落何地都在执着地唱着他们两个人的骊歌。

友情是相互的，然而知音却有可能只是一厢情愿。表面上那种单边更加突出的情感好像营造了一种双边交往的不平衡付出，但天下的至情却并不以相互情感投入的平等与均衡为条件。所以即使李白的诗里已经不再思念杜甫，而杜甫还仍在做着单方面的美好承担。他们之间本无所求，而杜甫的思念只是因为李白更能让他有所牵挂罢了。显而见之，这种感情正是因为无所求而更显深刻，至于彼此是平衡还是不平衡都已无关紧要了。诗人舒婷写下过一种平衡的浓情："你有你的铜枝铁干，像刀、像剑，也像戟；我有我红硕的花朵，像沉重的叹息，又像英勇的火炬。我们分担寒潮、风雷、霹雳；我们共享雾霭、流岚、虹霓。仿佛永远分离，却又终身相依。"（《致橡树》）还有一首传说是仓央嘉措的情诗，写出了一种不平衡的痴情："那一天，我闭目在经殿的香雾中，蓦然听见，你诵经的真言。那一月，我摇动所有的转经筒，不为超度，只为触摸你的指尖。那一年，磕长头匍匐在山路，不为觐见，只为贴着你的温暖。那一世，转山转水转佛塔，不为修来生，只为途中与你相见。"然而，无论是前者的平衡还是后者的不平衡，他们都一样怀揣着一股内心浓烈的真挚，而真挚便使生发而出的情感诗化为圣洁和高贵。

朋友与知音的不同还表现在：朋友来源于相互的敬重，而知音来源于相互的共鸣；朋友之间是一种情感的爱护，而知音却是精神的高度一致；朋友是相互的欣赏和认同，而知音是"与我心有戚戚焉"（孟子《孟子·齐桓、晋文之事》）的相互拥抱。"白头如新"的可能是朋友，但"倾盖如故"的一定是知音。朋友一般都会生死相扶、患难与共，但知音则可能是割袍断义、划地绝交了的朋友，如嵇康与山涛，甚或是剑拔弩张、陈兵对阵的生死宿敌，如陆抗和羊祜。但这样的感情毕竟是稀少的，所谓"千金易得，知己难求"是也。而在这一点上，似乎各代都有共识。李白认为"人生贵相知，何用金与钱"（《赠友人三首》其三），王安石跟着说"人生乐在相知心"（《明妃曲二首》其二），而曹雪芹也一样，写下了"万两黄金容易得，知心一个也难求"（《红楼梦》）的句子。

人间的知音太难得了，越是杰出者越寂寞，也就越是没有知音，或许这就是曲高和者寡吧。有的人寻觅一生也得不到一个知音，如李白写的"我有吴越曲，无人知此音"（《赠薛校书》）一般。所以孟浩然长叹："欲取鸣琴弹，恨无知音赏。"（《夏日南亭怀辛大》）岳飞午夜无眠长歌道："欲将心事付瑶琴，知音少，弦断有谁听？"（《小重山·昨夜寒蛩不住鸣》）像苏轼那样的天纵奇才，可谓合唱者众多，他却自比孤鸿，也写下了"拣尽寒枝不肯栖，寂寞沙洲冷"（《卜算子·黄州定慧院寓居作》）的句子。

中国自古以来就有"士为知己者死，女为悦己者容"的格言，人们是那样的重视知音、知己，为其生死而无怨无悔。我们不必说"鞠躬尽瘁，死而后已"的诸葛亮，也不必说易子救孤的程婴，单就翻开《史记·刺客列传》，就有的是豪气干云，满纸热血纵横，洋溢着"士为知己者死"的视死如归气概。

专诸、豫让等为报知遇，死而无怨。尤其是荆轲刺秦王，更是浴血奋战生死无悔。荆轲说："事所以不成者，乃欲以生劫之，必得约契以报太子也。"（《史记·刺客列传》）这是知音的最高礼遇，用血涂满回报知音的路。有什么比生命更可贵的呢？然而生命在这条路上，只不过是寻找

（元）王振鹏《伯牙鼓琴图》

灵魂共鸣的一堆血肉。灵魂的归宿是那共鸣的歌声，知音说在嘴边的不是花言巧语的轻诺，而是灵魂深处释放的沉重。

唐人储光羲在《寒夜江口泊舟》里写道："欲有知音者，异乡谁可求。"知音难求，所以能够生死相报，更何况破琴绝弦。战国时期的列御寇在《高山流水觅知音》中写道：

摔碎瑶琴凤尾寒，子期不在对谁弹？
春风满面皆朋友，欲觅知音难上难。

或许有的人永远无法理解这种伟大的情感，因为他们没有这般出众的才华，更没有这般出众的人生境界。"以利相交，利尽则散。以势相交，势去则倾。以权相交，权失则弃。以情相交，情逝则伤。唯以心相交，方能成其久远。"（王通《文中子·礼乐》）但以音乐和人品相交的俞伯牙和钟子期，并没有因为钟子期的死而埋葬友谊。相反，他们的友谊得到了进一步的升华。

当我们开始寻找灵魂中那个真正的自我的时候，一种精神的慰藉也在向你靠拢，一旦你收获了能够安顿你一生的共鸣者，其后的人生便不会因孤独而独自吟唱。或许有一天我们也能站在山之巅、水之畔，随情漫歌时，有一位听者会说："善哉，峨峨兮若泰山。善哉，洋洋兮若江河！"

俞伯牙之所以会有破琴绝弦的举止，不是沽名钓誉、故弄玄虚，也不是如今的炒作和行为艺术，而仅仅是一个很简单、很单纯的理由，那就是"知音能解瑶琴事，人去弦断有谁听"。知音啊，那是一曲没有送别的骊歌。

一杯成喜亦成悲　相逢是缘,把酒多言欢

唐人的诗是用酒酿成的。在醇酒浸泡的诗句里,风流、风情与风物被熏染成了别样的风景,而其中的一多半又被诗人送给了友情。独饮愁多,群饮乐多,所以他们既离不开美酒,也不能没有酒友。由于他们都有相同的嗜好,所以与酒友相处便能够体会到各自醉酒的内涵,因此绝非只是酒肉穿肠过的狐朋狗友,而是情深意笃的至交。

他们相遇的时候喝酒:"江汉曾为客,相逢每醉还。"(韦应物《淮上喜会梁州故人》)只要有缘相见,就尽情痛饮,不醉不散:"采花香泛泛,坐客

醉纷纷。"（杜甫《九日五首》其三）醉得东倒西歪，还不肯罢休。酒不喝透也别想走，而畅饮就像是诗人步入诗坛的仪式，也成为一个诗人必需的承诺，所以此中绝无惺惺作态者混迹。因为朋友就是真诚，而酒就是让真见到真，使诚尤为诚的引子。

正是因为"难得人间相聚喜"（沈瀛《减字木兰花》），所以朋友们在一起就一定要"坐上客恒满，樽中饮不空"（孔融《诗》）地宴饮畅叙，或者是在"把酒祝东风，且共从容"中"游遍芳丛"（欧阳修《浪淘沙·把酒祝东风》）。

若是久别重逢，就更别想中途停杯，一定要"共君此夜须沉醉"（纳兰性德《金缕曲·赠梁汾》），所以白居易说："十年分手今同醉，醉未如泥莫道归。"（《酬李二十侍郎》）在他们看来，"不辞今日醉，便有故人情"（牟融《赠韩翃》）。也就是说，只有你喝我也喝，你醉我也醉，才算真感情，才是好朋友。

俗话说："兄弟之情如手足"，然而酒友之情却往往胜过手足，那种"弟到兄家都是客"的感觉在他们之间已经荡然无存，要么"晚酌一两杯，夜棋三四局"（白居易《郭虚舟相访》），要么"聚散穷通何足道，醉来一曲放歌行"（白居易《答微之咏怀见寄》），即使喝醉了回不去也没关系，还可以"醉眠秋共被"（杜甫《与李十二白同寻范十隐居》），因为酒性相同，所以一切都没有忌讳。

在他们看来，欢聚之时能快乐一会儿是一会儿，不去管以后分别时的痛苦："明年此会知谁健，醉把茱萸仔细看。"（杜甫《九日宴蓝田崔氏庄》）由于宦游等原因，别离成了那个时代的常态，尤其是文人，求仕、戍边、赴任、贬谪等等，更是构成了一个人人生的必经路线图，所以也就有了"相见时难别亦难"（李商隐《无题》）的不断上演：

> 君应怪我留连久，我欲与君辞别难。
> 白头徒侣渐稀少，明日恐君无此欢。
> 元稹《过东都别乐天二首》其一

苏轼说："不用诉离觞，痛饮从来别有肠。"（《南乡子·和杨元素时移守密州》）沈约也说："勿言一樽酒，明日难重持。"（《别范安成》）表达的都是那种相遇不易，重逢更难的不舍之情。舍得舍得，意为没有舍就没有得，然而得到有时还不如不得，因为割舍堪比割肉，一旦到了不得不舍的时候，你要承受的便将是割心之痛。

只有盛唐时期，在那种昂扬向上的氛围中，朋友欢聚之时，才有"逢君奏明主，他日共翻飞"（李白《温泉侍从归逢故人》）和"他日青云去，黄金报主人"（李白《赠友人三首》其三）的豪迈乐观。所以，在那时的夜宴上，有的是兴会淋漓和纵横豪气。他们一般不会感于时光流逝，叹老嗟卑，而是有着能够掌握自己命运的豪迈感，表现出奋发的人生态度。在宴会上的笑，都是爽朗健谈的笑。它来源于对前途、对生活的信心。在喝醉之时，也不是借酒浇愁，而是以酒助兴，是豪迈乐观的醉。以酒助兴，兴浓意浓，笑声也爽朗，让人能感觉得到那种盛世的强健脉动：

友情　一生难求的期盼

77

（元）颜辉（传）《虎溪三笑图》

> 弯弯月出挂城头，城头月出照凉州。
> 凉州七里十万家，胡人半解弹琵琶。
> 琵琶一曲肠堪断，风萧萧兮夜漫漫。
> 河西幕中多故人，故人别来三五春。
> 花门楼前见秋草，岂能贫贱相看老。
> 一生大笑能几回？斗酒相逢须醉倒。
>
> 岑参《凉州馆中与诸判官夜集》

"一生大笑能几回？"人生能有几回醉？"斗酒相逢须醉倒"，便是一醉又何妨？若有知己常相聚，今夕何夕？只愿都是酒夕。他们在一起的时候，用酒酿制成友情的花絮，好让以后回忆的时候，再用往事下酒，以消解"天长地久有时尽"（白居易《长恨歌》）的烦忧。而等分离的时候，思念就一泻千里地奔腾出一首首"明月来相照"（王维《竹里馆》）的诗篇，让他们在因离别而寂寞的日子，仍能读出对方清脆的心律，并掷地而成春日微蒙的雨声。

故人的那种"此日相逢思旧日"的相聚，使"一杯成喜亦成悲"（韦应物《燕李录事》）的情绪交织在一起，相见时虽然欢笑如旧，可惜人已苍老鬓发斑斑，想想自己和朋友都还似浮云一般到处漂泊，不禁让人感到苦乐参半：

> 天秋月又满，城阙夜千重。

还作江南会，翻疑梦里逢。
风枝惊暗鹊，露草覆寒蛩。
羁旅长堪醉，相留畏晓钟。
戴叔伦《客夜与故人偶集》

故人在秋夜月满时，居然能偶集京城长安，真是让人惊喜又感慨的事情。因为相见非易，所以一定得彻夜欢饮。然而有聚就会有散，启明星总要升起。诗人不愿闻晨钟敲响，我们也一样不愿看到他们酒干席尽、人走楼空而引来的"曲终人散空愁暮"（刘禹锡《竞渡曲》）的伤感。

在豪饮欢宴之外，两个淡雅的朋友偶尔小聚一乐，酒既是情调，又更能显出温馨和欢快：

绿蚁新醅酒，红泥小火炉。
晚来天欲雪，能饮一杯无？
白居易《问刘十九》

还有那忘年之交的朋友，他们醉后尚能再返童真，透着几分质朴的可爱：

世上漫相识，此翁殊不然。
兴来书自圣，醉后语尤颠。
白发老闲事，青云在目前。

> 床头一壶酒，能更几回眠？
> 高适《醉后赠张九旭》

公元 759 年三月，杜甫访问了居住在乡间的友人卫八处士。在动乱的年代、动荡的旅途中，又在长别了二十年后，经历了大唐王朝的沧桑巨变，此种情况下的老朋友相会，意义自是非同寻常：

> 人生不相见，动如参与商。
> 今夕复何夕，共此灯烛光。
> 少壮能几时？鬓发各已苍！
> 访旧半为鬼，惊呼热中肠。
> 焉知二十载，重上君子堂。
> 昔别君未婚，儿女忽成行。
> 怡然敬父执，问我来何方。
> 问答乃未已，儿女罗酒浆。
> 夜雨剪春韭，新炊间黄粱。
> 主称会面难，一举累十觞。
> 十觞亦不醉，感子故意长。
> 明日隔山岳，世事两茫茫。
>
> 《赠卫八处士》

于是，那眼前灯光所照，就成了离乱环境中幸存的美好的一角；那一夜时光，就成了烽火乱世中带着祥和气息的仅有的一瞬；被战乱推得遥远的、恍如隔世的安逸生活，似乎一下子又来到了眼前。可以想象那烛光融融并有春韭香味相伴的一夜，对于饱经离乱的诗人而言，是多么值得眷恋和珍重啊。短暂的相聚之后又要匆匆作别，对着茫茫不可预知的前途，诗人在悲喜交集之中，发出了离多聚少和世事沧桑的感叹。

刘禹锡从小爱下围棋，与专教唐德宗太子下棋的棋待诏王叔文很要好。太子当上皇帝后，他的老师王叔文组阁执政，就提拔棋友刘禹锡当监察御史。后来王叔文集团政治改革失败，刘禹锡受株连被贬，二十三年后方应召回京。途经扬州，与同样被贬的白居易相遇。同是天涯沦落人，惺惺相惜。于是，两个朋友无例外地喝酒畅聊。筵席上，当酒浓面热之时，白居易即兴为刘禹锡作诗一首：

为我引杯添酒饮，与君把箸击盘歌。
诗称国手徒为尔，命压人头不奈何。
举眼风光长寂寞，满朝官职独蹉跎。
亦知合被才名折，二十三年折太多。
《醉赠刘二十八使君》

白居易说，你为我热情拿过酒杯添满酒同饮共醉，我们一起拿筷子击盘唱歌。虽然你才高八斗，但纵使有经世治国之能，如今却也只能如此。一切都是命中注定，谁都无法改变。周围的人一个个春风得意，踌躇满志，而你却只能独守寂寞，虚度光阴。

诗中对刘禹锡二十三年的坎坷遭遇，直率坦诚地表示了无限的感慨和不平。为此，刘禹锡作了一首酬答诗，即著名的《酬乐天扬州初逢席上见赠》：

巴山楚水凄凉地，二十三年弃置身。
怀旧空吟闻笛赋，到乡翻似烂柯人。
沉舟侧畔千帆过，病树前头万木春。
今日听君歌一曲，暂凭杯酒长精神。

他说，在巴山楚水这些凄凉的地方，度过了二十三年沦落的光阴。怀念故友徒然吟诵闻笛小赋，久谪归来感到已非旧时光景。沉船的旁边正有千帆驶过，病树的前头也已是万木争春。我不会辜负老朋友的牵挂和肯定，不辜负杯中的好酒，一定要重新振作起来。

这首诗显示出作者对世事变迁和仕宦浮沉的豁达襟怀，表现了他的坚定信念和乐观精神，同时又暗含哲理，表明新事物必将取代旧事物。

他乡遇故知，本是人生之一大乐事，但当中浸透着多少的异乡孤寂、人生况味。所以越是情深意长，分别后的思念也就越强烈："山水万重书断绝，念君怜我梦相闻。我今因病魂颠倒，惟梦闲人不梦君。"（元稹《酬乐天频梦微之》）而白居易在思念元稹的时候也写下了"别来未开颜，尘埃满樽杓"（白居易《寄元九》）的句子。真是酒友想酒友，心中一段愁啊。所以也就有了白居易的《同李十一醉忆元九》：

> 花时同醉破春愁，醉折花枝作酒筹。
> 忽忆故人天际去，计程今日到梁州。

友情让人挂念，所以一旦分别就会盼望再聚，而重逢之日，又都是再一次的痛饮之时。杜甫对好友说："何时一樽酒，重与细论文。"（《春日忆李白》）诗人把把酒与朋友谈论诗作捆绑成一体。酒过三巡便无话不说，但细细品来又好像已无话可说，唇齿之间的一切意愿，都已概括为一个"酒"字。当然，这"酒"里包含着对远行之人的深切祝福，祝愿彼此都能身心康泰、无灾无难，也祝愿他们的交情如酒香飘不散。这一个"酒"字，既是万语千言的浓缩，也是"此时无声胜有声"（白居易《琵琶行》）的总结。

诗人恋酒，因为酒动真情。朋友的情意，自己的意趣，也都能在酒杯中溶解：

> 故人具鸡黍，邀我至田家。
> 绿树村边合，青山郭外斜。
> 开轩面场圃，把酒话桑麻。
> 待到重阳日，还来就菊花。
> 孟浩然《过故人庄》

天高地阔，山清水秀。在闲适淡雅的农家风景里，这位曾经慨叹过"当路谁相假，知音世所稀"（《留别王维》）的诗人，不仅把在政治追求中所遇到的挫折、名利得失忘却了，就连隐居中孤独、抑郁的情绪也都抛开了。他完全沉浸在与朋友欢聚的满足之中，而对功名的热望已经彻底冷却，心中的格局也随之开阔起来。于是，他不再拘泥于仕途多艰的悲叹之中，而是给自己进行重新定位，所以又相约着秋天的再会。

当然，故人请他是真心的，因为都有一种"烹羊宰牛且为乐"（李白《将进酒》）的欢喜之情。而诗人赴约也是真心的，所以会"若不访我来，还须觅君去"（白居易《秋日怀杓直》）。酒杯中的友谊味重香浓，然而原因却不在酒，全都在情上：

> 畴昔通家好，相知无间然。
> 续明催画烛，守岁接长筵。
> 旧曲梅花唱，新正柏酒传。
> 客行随处乐，不见度年年。
> 　　　　孟浩然《岁除夜会乐城张少府宅》

求仕途中的孟浩然于除夕夜在朋友家中聚会，席间唱起的梅花曲把欢快的气氛引入了佳境。诗人虽在异乡为客，却没有丝毫的孤独和寂寞，他在酒的兴致中无比开怀，而一年的最后一个夜晚也就在不知不觉中过去了。诗中未见愁绪，但却让我们读出了"拟把疏狂图一醉，对酒当歌，强乐还无味"（柳永《蝶恋花》）的味道。

虽说都是欢聚，但是不同的时代与不同的人在经历不同的人生境遇后，欢聚时的滋味便也各不相同，这与"幸福的家庭都是相似的，不幸的家庭各有各的不幸"（列夫·托尔斯泰《安娜·卡列尼娜》）的意境也基本相似。

他们的情，初见者，看山是山，看水是水。看清之时，看山不是山，看水不是水。而领悟之后，看山还是山，看水还是水。他们携情行过之处，千山横翠微，万水何澹澹。世间繁华，随时浮沉，人间爱情，柔肠百转，唯有"欢言得所憩，美酒聊共挥"，才能让人获得"我醉君复乐，陶然共忘机"（李白《下终南山过斛斯山人宿置酒》）的淡然。

朋友是久别后再偶然相聚时那种"最是人间堪乐处"（郭应祥《减字木兰花》）的体会，是聚会时喝出的酒香，是开怀时袒露的畅笑，是欢聚时抑制不住的神采飞扬：

> 邻曲时时来，抗言谈在昔。
> 奇文共欣赏，疑义相与析。
> 陶渊明《移居二首》其一

> 春秋多佳日，登高赋新诗。
> 过门更相呼，有酒斟酌之。
> 陶渊明《移居二首》其二

然而人生苦短，一切都如浮云，聚散总无常。灞桥之畔，折柳赠行人；渭水之边，去马萧萧意。刘禹锡的《杨柳枝词九首》其八又用酒浇开了友

诗词里的至情人生

86

〔明〕周臣 《山斋客至图》

人的离情和别意：

> 城外春风吹酒旗，行人挥袂日西时。
> 长安陌上无穷树，唯有垂杨管别离。

分手之时，总有唱不完的骊歌，流不完的眼泪，说不完的情话，道不完的珍重，所以践行的酒并不是谁都能喝得下的。李白说："送尔难为别，衔杯惜未倾。"（《送储邕之武昌》）甚至有人一端起酒杯鼻子就发酸："泪逐劝杯下，愁连吹笛生。"（杜甫《泛江送客》）还有"灞陵桥上杨花里，酒满芳樽泪满襟"（郑谷《作尉鄠郊送进士潘为下第南归》）。离情别恋，酒已没了酒味。

可以说写友情的诗句不若亲情那般深沉，也不若爱情那般缠绵，它自有一种耐人寻味的滋味，可以是"垂死病中惊坐起"（元稹《闻乐天授江州司马》）的牵挂，也可以是"飞扬跋扈为谁雄"（杜甫《赠李白》）的劝诫，可以是"吾爱孟夫子"（李白《赠孟浩然》）的恣意，也可以是"天涯若比邻"（王勃《送杜少府之任蜀州》）的潇洒。然而无论是哪一种，却大多都发生在分离之际或者分隔两地之时，所以就会有"江南无所有，聊赠一枝春"（陆凯《赠范晔诗》）、"欲将沉醉换悲凉，清歌莫断肠"（晏几道《阮郎归》）的诗句。友情与离情总是形影不离，带给我们的永远都是"一杯成喜亦成悲"（韦应物《燕李录事》）的开始，最后又总是远行之人留下云水依依、帆影点点的背影。

晚岁当为邻舍翁　相忆今如此，此夕有此心

"不怕天涯海角，岂在朝朝夕夕，你在我的航程上，我在你的视线里。"当代诗人舒婷以一首《双桅船》将她对理想的追求和对爱情的向往，高高悬挂在桅杆之上，让我们在她的船于离岸和靠岸之间，不断思索着自己变幻不定的人生。然而如今重读，那种相守相恋的情感，让人再次感受到一种对纯真情感的守望，对友谊也一样充满了向往和期待。

有人把朋友的境界分为三重。第一重是"亲友"，这时候的朋友虽然不具有血缘关系，但他们之间的友情却具有亲情的性质，甚至比亲情更亲密，如鲍

管之交。春秋时，齐国的管仲和鲍叔牙曾经合伙经商，得利均分，而管仲每每多取，叔牙从不以为贪，因为他知道管仲家贫。管仲曾三次打仗而败逃，叔牙也不以为怯，因为他知道管仲是一个大孝子，他是放心不下自己家中的老母亲。后来，鲍叔牙在齐桓公门下显达，便举荐管仲为相，位居其上。然两人齐心辅政，始终如一。管仲也因此而得以施展自己的才能，助齐桓公九合诸侯，建立霸业。后管仲曾叹："生我者父母，知我者鲍叔也。"鲍管之交贵在知心，"知"就是一种理解。第二重境界是"神友"，他们之间互相仰慕，互相欣赏，互相感知，却又互相不在生活中牵绊，逍遥自在，不食人间烟火，如钟俞之交。钟子期虽是一介樵夫，但他却听懂了俞伯牙的高山流水。子期死，伯牙摔琴。这种朋友，总能给人带来"长江绕郭知鱼美，好竹连山觉笋香"（苏轼《初到黄州》）的温暖。第三重境界是"信友"，他们能互相理解，互相支持，互相勉励，如李杜之交。从他们留下的诗文看，两人彼此间情深意厚，只因生活方式的差异而让他们的友谊止于了怀念，正所谓："青山一道同云雨，明月何曾是两乡。"（王昌龄《送柴侍御》）

其中，第三重"信友"的两个主角都是诗人，因而他们的友情也就充满了诗意。其他的诗人也一样，他们都是由相识相知，成为朋友，而后惺惺相惜，分别后就常常在诗作中互诉思念。除了李白与杜甫之外，王维与裴迪、元稹与白居易、柳宗元与刘禹锡等，他们的友谊都被传为诗坛佳话。

王维与裴迪的友谊都在诗里，他们赠答、同咏的诗歌数量已经多到了难出其右。王维宽慰裴迪能写出《酌酒与裴迪》，裴迪也会冒险到菩提寺探望被叛军拘押的王维，他们互相关心，患难与共，因而成了"携手本同心"（王维《赠裴迪》）的至交好友。

他们两人诗情的开始，源自对红尘不到的辋川的共同向往。在那里，他们既遇到了自己所要遇见的人，同时又表达了彼此情定田园山水的渴望。裴迪写道：

> 积雨晦空曲，平沙灭浮彩。
> 辋水去悠悠，南山复何在。
> 《辋口遇雨忆终南山因献王维》

裴迪赴约，寻路来到辋口，追忆往遇，期待今逢，却又怕王维已不在此处等他。于是饮尽一杯清觞，便卷衣、磨墨，写下遇雨路上的所想。看到落墨而出的诗，摩诘笑了，也抬一纸而出，落笔成一首《答裴迪辋口遇雨忆终南山之作》：

> 淼淼寒流广，苍苍秋雨晦。
> 君问终南山，心知白云外。

他说，你要知道我的心，一直都在这白云深处，时时探听着你"松下问童子"（贾岛《寻隐者不遇》）的声音，而且已经等了许久。虽然你来的时候辋川的烟雨让你迷了路，可我的梦也一样被南山的烟雨淋湿。

他们久别重逢，见面未语，先以诗相赠。因为都不想说红尘俗事，唯将

（元）王蒙 《辋川图》局部

一片深情都赋予诗意的南山。后来，王维在芙蓉杯里得到了裴秀才"醉笑陪公三万场，不用诉离觞"（苏轼《南乡子·和杨元素时移守密州》）的欢喜，而裴迪则在孤月残影、只猿啼声里看到了摩诘一人独在的寂静："当轩弥滉漾，孤月正裴回。谷口猿声发，风传入户来。"（《临湖亭》）

诗中的辋川，原本是王维一个人的南山。没有裴迪相伴的时候，他让我们感悟了"空山新雨后"（《山居秋暝》）的寂静之美，而当裴迪循着他的松涛、清泉到来后，一个人的田园独飧就变为两个人的饕餮盛宴。从此，王维的辋川里就涉履上了另一个人——裴迪。

朋友就像是千年之前弹断的那根弦，穿越时空带着对方手指的余温转世与你相遇。他们之间没有奢华的片段，但却留有平凡的温暖。每每读到他们的诗句，我们都会生出一样的感叹，那就是在流逝的年华中，他们友情的长度总比永远还要多一天。因为，他们是在用心灵的笔墨，点缀着人生路上的风景，又用真诚的付出，收获人间最美的情谊。有了这份情谊，我们即便是暗夜里独行于一座深山，尽管与他们隔着不能渡过的逝水，却仍然能在空山里听见彼此的呼吸，于是眼前便春鸟齐鸣，人间也不再孤寂。

当然，怀念是朋友之所以为朋友的主要内容，因为友情里不仅有温暖，更有着一生的牵挂，是彼此相连的一根跳动的心弦。真正的朋友不一定形影不离，但一定是心有灵犀；真正的朋友不一定锦上添花，但一定会雪中送炭。当朋友有困难时，一定会倾囊相助。白居易与元稹就是患难与共的朋友，其情之深、意之厚，在当时的文坛首屈一指。

"元白之交"是诗人之间友情的一段佳话。白居易和元稹是同年进士，他俩一起登科，一起在朝任职，同年生子，又在同年被贬。相似的经历，一样的诗情，把他俩紧紧连在一起，成了挚友。两人交往期间，白居易因母亲离世在渭村守丧，三年中贫病交加。此时的元稹也遭不幸被贬江陵，境况也不是很好，但他却"三寄衣食资，数盈二十万"（白居易《寄元九》）。后来元稹身患重疾，病体孱弱。然而当他听说白居易也同样被贬之后，还是不由得为之一惊，深为朋友的不幸而悲叹：

> 残灯无焰影幢幢，此夕闻君谪九江。
> 垂死病中惊坐起，暗风吹雨入寒窗。
>
> 元稹《闻乐天授江州司马》

当元稹自己都已命悬一线的时候，他还念念不忘自己的好友，让我们不能不为他们的真情动容。就是这样一种真挚的友情，一直伴随着他们"时运不济，命途多舛"（王勃《滕王阁序》）的人生。

白居易看到元稹的诗后，被好友的关切之情打动，所以在给元稹的回信中也一样动情地说："此句他人尚不可闻，况仆心哉！至今每吟，犹恻恻耳。"（《与元微之书》）而元稹接到白居易来信的感受又更为强烈，竟然"泪飞顿作倾盆雨"（毛泽东《蝶恋花·答李淑一》）：

远信入门先有泪，妻惊女哭问何如。
寻常不省曾如此，应是江州司马书。
    元稹《得乐天书》

他们相知又相惜，在共同的人生窘境中，相互勉励，互相支撑。他们彼此欣赏，剖心成为对方的知己。从此，他们联袂同唱着一阕骊歌恨曲，把酒空对的是满腔思念，并以翩翩鸿雁传递着他们的契阔情深。

元稹与白居易最富传奇色彩的莫过于"异地梦境"的传说。元和四年（809），元稹去东川（今四川三台）出差路经梁州（今陕西汉中一带），晚上梦见自己和白居易、李杓直同游曲江慈恩寺。一觉醒来，听见屋外亭吏在大呼小叫安排行程，元稹才惊悟自己已经不在长安，而是人在旅途，当时就提笔写下一首《梁州梦》，寄给长安的白居易：

> 梦君同绕曲江头，也向慈恩院院游。
> 亭吏呼人排去马，忽惊身在古梁州。

刚过几日，元稹就收到来自白居易的一封信，不禁十分讶异。因为掐指一算，自己的去信应该才送到白居易手中，他怎么可能这么快就回信呢？赶紧拆封一看，白居易在信中写道："昨天我和李杓直、白行简三人一起到曲江游玩，喝酒时想起你这个好兄弟，就写了这首《同李十一醉忆元九》诗，现托人带给旅途中的你。"再看信末落款日期，原来白居易去曲江的那一天，正是自己做梦和他们一起游玩的那一天。

当时他们二人，一个在长安，一个在梁州，中间有巴山蜀水相隔，然而他们却"千里神交，若合符契"，都在这天写了一首押韵相同的诗，而且叙说的事情也完全一样，各自所记的时间也丝毫不差。他们不是情人，亦不是亲人，但一方却甘愿把自己的梦境告知对方，而让他成为自己不愿惊醒的梦中之人。这样一段惊人更感人的巧合，成了令后世唏嘘不尽的传说，而他们两人千里神交的故事也因此被传为千年佳话。

刘禹锡和柳宗元的友谊与元稹和白居易有许多相似之处，被后人认为是最无私的友谊。

刘禹锡与柳宗元有很多共同之处。在政治上，两人一起参与"永贞革新"，并肩战斗。在创作上，两人诗文俱佳，趣味相投，相互唱和。甚至在生活经历上，二人也有不少相似之处。他们一起进京应试，同榜登进士第。接下来，同朝为官，一起共事。后又因革新失败双双被一贬再贬。

共同的志向，共同的趣味，共同的遭遇，使他们结下了深厚的友谊。他们不仅在顺境时相互支持，相互砥砺。在天涯沦落、生死未卜的逆境当中，二人的真挚友谊也更加坚固。

"永贞革新"失败后，刘柳二人同时遭贬，一去朗州（今湖南常德），一去永州。他们曾经一起行云天穹，如今如鱼入潭，却不相忘于江湖，仍相互勉励，使天涯变咫尺。他们忍受着事业上的失败和空间上的分离，不断地诗文往来，互相鼓励。其间，柳宗元和身居要职的好友韩愈之间曾展开过一场哲学论战，柳宗元作《天说》陈述自己的观点，刘禹锡作《天论》三篇对柳宗元进行策应和声援。刘禹锡的散文成就受到柳宗元的重视，柳宗元的童话和寓言，同样被刘禹锡推崇。在患难的岁月里，是纯真的友谊、共同的志趣给了他们鼓励，给了他们勇气，也给了他们支撑。

十年后，当他们先后结束贬官生涯聚会长安之时，真是感慨万千，悲喜交集。一个人一生的黄金时间能有几个十年，刘禹锡在《阙下口号呈柳仪曹》中不禁感叹："铜壶漏水何时歇，如此相催即老翁。"

然而，十年的分别只换来短暂的聚首，很快，他们双双再次被贬。而且离长安的距离更加遥远，条件也更为艰苦。柳被贬柳州，刘被贬到更远的播州（今贵州遵义）。此时，刘禹锡来京仅一年多时间，而柳宗元则刚刚到达不久。柳宗元虽然对自己的境遇非常失望，但考虑到刘禹锡有八十岁的老母需要随身奉养，于是几次上书朝廷，要求和刘禹锡对换。后经友人帮助，终将刘禹锡改贬广东连州。

暮春三月，二人收起满身的伤痛，再度离开长安。他们一路行来，一直走到湖南衡阳，才依依不舍地写诗赠别，送朋友远行，也送自己上路：

> 十年憔悴到秦京，谁料翻为岭外行。
> 伏波故道风烟在，翁仲遗墟草树平。
> 直以慵疏招物议，休将文字占时名。
> 今朝不用临河别，垂泪千行便濯缨。
>
> 柳宗元《衡阳与梦得分路赠别》

刘禹锡回赠一首《再授连州至衡阳酬柳柳州赠别》：

> 去国十年同赴召，渡湘千里又分歧。
> 重临事异黄丞相，三黜名惭柳士师。
> 归目并随回雁尽，愁肠正遇断猿时。
> 桂江东过连山下，相望长吟有所思。

黄昏时，衡阳的一个山脚下，两位志同道合的友人并立荒郊，翘首仰望，他们以深情的目光注视着北回的大雁，他们在想什么？也许，穿越千年的时空，他们会听到一曲今天的歌唱："朋友啊朋友，你可曾想起了我，如果你感觉到寂寞，请你告诉我。……"

或许是因为这样的诗情太悲伤了，而他们又都害怕老友远去蛮荒，更加伤痛，于是柳宗元又写了第二首诗《重别梦得》：

二十年来万事同，今朝歧路忽西东。
皇恩若许归田去，晚岁当为邻舍翁。

刘禹锡也同样回赠了一首《重答柳柳州》：

弱冠同怀长者忧，临歧回想尽悠悠。
耦耕若便遗身老，黄发相看万事休。

从永贞新政，谋议唱和，到同时遭难，远谪边地，再到被召回京，继贬远荒。一路上，两个人已经走了整整二十二年。二十二年，官场的尔虞我诈没有侵蚀他们，生活的艰辛困苦没有隔绝他们，世道的腥风血雨没有迷惑他们，他们的友谊反而历久弥坚，历久弥新。

然后，一个柳州，一个连州，各奔东西。从此，他们只能凭窗瞭望，以书信聊作晤语。他们把所有的情感，都书写进相互思念的诗句里。水墨氤氲，纸落云烟，他们携手在诗词的江湖上，成为共迎风浪的同舟人。然而，令人未曾想到的是，尽管他们从未相忘，但此生却再未相见。

长期贬谪生活的打击和艰苦环境的摧残，使柳宗元的身体每况愈下，健康状况非常不好。元和十四年（819），当朝廷终于准备召回柳宗元时，他已于这年十月五日含冤长逝，年仅四十七岁。当时，刘禹锡正扶着母亲的灵柩行走在回京的路上，当他经过衡阳时，得悉了柳宗元去世的噩耗。一纸冰冷的讣告，让他与斯人从此擦肩而过，使曾经的一别成为永诀：

> 忆昨与故人，湘江岸头别。
> 我马映林嘶，君帆转山灭。
> 马嘶循古道，帆灭如流电。
> 千里江蓠春，故人今不见。
>
> 刘禹锡《重至衡阳伤柳仪曹》

人间几度春秋，明月几度圆缺，即使还有沧海桑田，即使还有斗转星移，却再也不会有"那人却在，灯火阑珊处"（辛弃疾《青玉案·元夕》）的等待了。刘禹锡曾写："樽前花下长相见，明日忽为千里人。君过午桥回首望，洛城犹自有残春。"（《洛中春末送杜录事赴蕲州》）佛经云：守护心城，离生死故。而此刻，刘禹锡为柳宗元，只愿倾城以恸。

他们身处尉罗之中而向往遗世耦耕，所以曾经相约归田为邻，携手赴老，最终却遗憾没能如愿以偿，从此便只能在红尘以外等候。然而在柳宗元故去整整一千年之后出生的又一位诗人，为他们这样的友谊续写了新的注脚：

> 我在梦中看见一座城市，
> 可以抵御地球上一切进攻，
> 这就是朋友的新城。
>
> 惠特曼《我梦见》

朋友的新城，永远为对方敞开着门扉，当我们在人生旅途之中举步维艰的时候,这个城就是供你歇息的驿站。刘禹锡与柳宗元,他们各自为对方营建了一座友谊之城,城中永远都驻守着他们相互不变的赤诚。

从诗词中体验友谊,从历史中感念朋友,常常为前人的情义所折倒。"士之相知,温不增华,寒不改叶,能四时而不衰,历夷险而益固。"(诸葛亮《论交》)情谊之美,值得为之"粉身碎骨浑不怕"(于谦《石灰吟》),求得相知共此生。

朋友这个词,温暖的不只是朋友,还温暖着人心,温暖着亘古不变的长空。

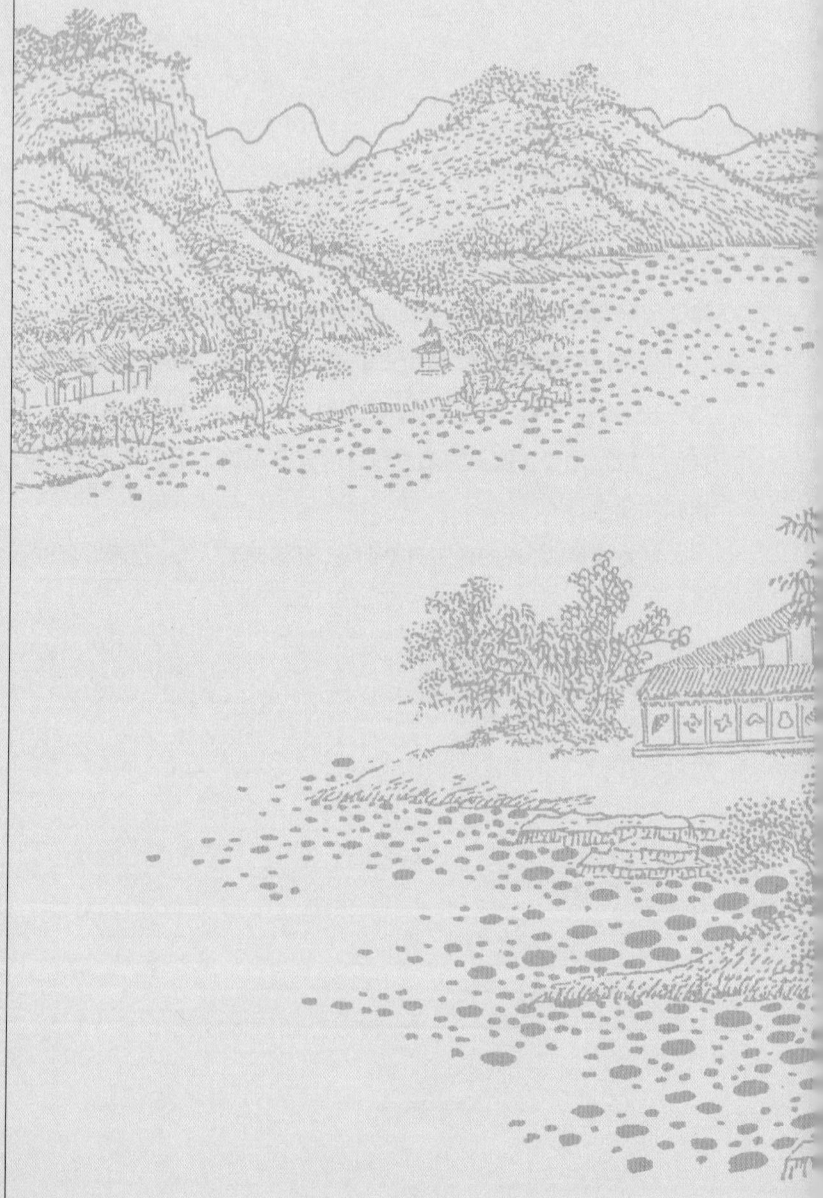

爱情 许你一世浪漫

"世上的爱情，无非有两种：一种是相濡以沫，却厌倦到终老；另一种是相忘于江湖，却怀念到哭泣。"如此浪漫温馨却又理性克制的文字诠释着古往今来人们耳熟能详的爱情篇章，字里行间流淌着一股缠绵悱恻、执着渴望与苦楚悲凄，而这些都是作者在历史的长河中对爱情之旅的深情探索。相爱之人分别之时的悸动之情，还有那些悲泣在多殇的流年中有过的爱情浪迹。同时，文章还观照了被屏蔽在爱情世界之外的，中国古代皇权文化下特有的后宫嫔妃们的愁与怨，那些牺牲了女人大好青春年华换来的孤苦与辛酸，都已被镌刻在悲切的爱之长廊上。

众里寻他千百度 月上枝头，爱在心头

如若爱是一场修行，那么有情之人都愿化身石桥，为了他或她而受五百年风吹，五百年日晒，五百年雨打，只为换得今生的一次回眸；如若世间所有的相遇都是久别重逢，那么前世她定是那个曾对他说过"天地合，乃敢与君绝"（《乐府诗集·鼓吹曲辞一》）的人。而他或许就是那个为爱修行了千年的人，爱己所爱也是他一生的宿命。燃一世繁华，启动一场相逢，从此，岁月的这首歌里，便有了她和他一起奏响的浅吟和低唱。

世上的爱情，无非有两种：一种是相濡以沫，却厌倦到终老；另一种是相

忘于江湖，却怀念到哭泣。也许不是不曾心动，不是没有可能，只是有缘无分，情深缘浅，爱在不对的时间。

在不能够爱的时候，不经意碰出爱的火花。从一开始就注定不会有结局，但却执迷不悟地倾尽柔肠。然而这样的爱都很难有善终，因为爱，不仅仅只是那句"化蝶去寻花，夜夜栖芳草"（《全唐诗补编下·铜官窑瓷器题诗》）的誓言：

> 击鼓其镗，踊跃用兵。
> 土国城漕，我独南行。
> 从孙子仲，平陈与宋。
> 不我以归，忧心有忡。
> 爰居爰处？爰丧其马？
> 于以求之？于林之下。
> 死生契阔，与子成说。
> 执子之手，与子偕老。
> 于嗟阔兮，不我活兮。
> 于嗟洵兮，不我信兮。

《诗经·邶风·击鼓》

一直欣赏这样的爱情：没有太多惊天动地的故事，有的是像流水一样绵延不断的柔情和蜜意；没有太多的月下誓言，有的是无须言语、心有灵犀的默契和相守；没有太多的浪漫经历，有的是永远依随、互相对望的眼神交融。"执子之手，与子偕老"，让我们在"天下熙熙，皆为利来；天下攘攘，皆为利往"（司马迁《史记·货殖列传》）的红尘浮沉中，在"问世间情为何物"的迷失和彷徨间，始终能淡定从容。因为，冥冥之中，自有一双属于自己的手，与我们相持相扶，直到一生一世。

"一起变老"如同千年生成的"蛊"，让世间的有情之人如食甘饴，并不惜为此执迷不醒。然而现实却总成了意想不到的"谶言"，让梦想变为破碎的童话。但是那三千年前的男子，虽也知道山盟海誓经不起时间的推敲和现实的践踏，却仍痴心不改地笃信，在这滚滚红尘的俗世之间，总有一样东西坚如磐石、灿若星辰而值得我们"不辞冰雪为卿热"（纳兰性德《蝶恋花·辛苦最怜天上月》）。显然，在他的心中，坚守着一种爱情不死的信念。所以张爱玲评价这样的情感说："一首悲哀的诗，然而它的人生态度又是何等的肯定。"

人生一辈子，匆匆几十年。一切都将化为尘土，唯有不离不弃的温暖，让来世依然不会冰冷。执子之手，在雨中同撑一把雨伞，在风中共披一件外衣，"生同一个衾，死同一个椁"（管道昇《我侬词》），即便没有曾经"相思树下说相思"（梁启超《饮冰室文集·台湾竹枝词》）的缠绵，但却收获了"天长地久成埃尘"（孟云卿《行路难·君不见高山万仞连苍旻》）的最大浪漫。当相爱之人一同"零落成泥"的时候，便会因为有了另一半的相伴而留下"香如故"的瞬间。

然而，"蛊"终有醒时，虽然"情之所钟"也真的是让人身不由己，但是那种"正在我辈"的执着却早已被利己之心销蚀一尽。想起那些如流星般划过的感情经历，常常会把彼此的过错归咎为缘分，而缘分又是那么的虚幻和缥缈。其实，那一时三刻相遇与相爱的时机，才是真正左右我们的"元凶"。

> 君生我未生，我生君已老。
> 君恨我生迟，我恨君生早。
> 《全唐诗补编下·铜官窑瓷器题诗》

男女之间的交往，充满了犹疑、忐忑的不确定与欲言又止的矜持，一个小小的变数，就完全可以改变选择的方向，以致形成"我离君天涯，君隔我海角"的结果。如果彼此早出现一点，也许就不会和另一个人十指紧扣，又或是相遇的再晚一点，晚到两个人在各自的爱情经历中慢慢学会了付出与体谅、包容与妥协，也许走到一起的时候，就不会那么轻易地放弃。而如若任性地转身，放走的有可能就是你在最美的时候遇见的那个最钟情的人。当然，在时间的荒野，没有早一步也没有晚一步，于万千人中，去邂逅自己的爱人，那是难得的缘分。而更多的时候，我们都在不断地错过。这世界有着太多的这样和那样的限制与禁忌，又有太多难以预测的变故和身不由己的离合，一个转身，也许就是一辈子的错失，而一个停顿，也许就是今生的伤痛。

> 东风夜放花千树，更吹落、星如雨。宝马雕车香满路。凤箫声动，玉壶光转，一夜鱼龙舞。　　蛾儿雪柳黄金缕，笑语盈盈暗香去。众里寻他千百度。蓦然回首，那人却在，灯火阑珊处。
> 辛弃疾《青玉案·元夕》

人生如画，是是非非都不过是此在画中，彼在画外。大千世界熙熙攘攘，蓦然回首，那一低头的情愫，却不知是我在画中，还是你在画中。如果相遇是缘，相恋是分，那么缘分羁绊，却不知是鱼与水的故事，还是画内与画外的一笔因果。因为有你，所以心有所念。在灯火阑珊处，看见你出现，与你相遇，只是一场美丽的意外。

　　人世间短短的相逢，如花似梦。其实，生命本是一场漂泊的旅行，我珍惜每一个可以视为朋友的人，因为那是可以让漂泊的心驻足的地方。我们有时候会被一句话感动，因为真诚；有时候会为一首诗流泪，因为真切。而爱情，就是最诚、最切的梦境。

　　我们常常自问，也不断追问，究竟"爱"是什么？

　　《诗经》首篇便是一曲爱情的咏叹调。"窈窕淑女，君子好逑。……求之不得，寤寐思服"，真切展现了男女之间淳朴、纯真的爱恋情感。"爱而不见，搔首踟蹰"（《诗经·邶风·静女》）则表达了情人约会时，因不见心上人出现的彷徨不安。《氓》和《孔雀东南飞》又令人感叹不已，负心薄情和婚姻礼教造成了多少爱情悲剧。透过秦观的《鹊桥仙》，我们看见一位士大夫全新的爱情观："两情若是久长时，又岂在朝朝暮暮。"爱情是人间难以破解的谜题，有的人说"问世间，情为何物，直教生死相许"（元好问《摸鱼儿·雁丘词》），有的人说"曾经沧海难为水，除却巫山不是云"（元稹《离思五首》其四）。翻阅爱情宝典，柳永惜别所爱后，感叹"便纵有千种风情，更与何人说"（《雨霖铃》），李清照惋叹"帘卷西风，人比黄花瘦"（《醉花阴》），苏东坡的《江城子》也一样，都写尽了伉俪之间生死不渝的人间真情：

十年生死两茫茫，不思量，自难忘。千里孤坟，无处话凄凉。纵使相逢应不识，尘满面，鬓如霜。　夜来幽梦忽还乡，小轩窗，正梳妆。相顾无言，惟有泪千行。料得年年肠断处，明月夜，短松冈。

苏轼《江城子·乙卯正月二十日夜记梦》

人世间流传了千百年，舞台上演绎了千百年，却没有谁能给出一个确切的答案。爱或许是因人而异的，那只是一种感觉，如电光火石般的一个瞬间。

在这世间，注定会有一人，生而为我等待，等我走遍千山万水，终有一天与她相遇。我们在红尘中轮回，也许只是为了找到那个她，纵是分离，纵是背弃，仍难忘却。只要能够找到，就是上苍给予的恩惠，值得忧，值得痛。这种情怀恰如《诗经·郑风·野有蔓草》描绘的那样迫切、真实：

野有蔓草，零露漙兮。
有美一人，清扬婉兮。
邂逅相遇，适我愿兮。

> 野有蔓草，零露瀼瀼。
> 有美一人，婉如清扬。
> 邂逅相遇，与子偕臧。

　　时间的节拍，敲打着生命的鼓点，朝朝暮暮，丰富了生命的年轮。多少潮起潮落的情感，蜿蜒在翰墨素笺之上，匍匐成了平平仄仄的诗行。在一个落叶缤纷的季节，总少不了会有一段美丽的邂逅开始上演。然而，在生命中的某些时刻，我们又不免会涌动一股悲怆的情绪。这绝对不是莫名的忧伤，而是万般无助的愁绪。每至此时，就会生出心中的期盼，期盼着有个人会乘着三月的微风，在阳春里向你款款走来。其实，期盼莫若行动，因为有那么一个人正站在时光深处等你，你只需沿着脉搏传动的方向，一路向前。切记，找到就要相惜；须知，错过就是一世。

　　春风入怀，才知爱恋是多么浓烈，不知不觉心跳已经加快。渴望见到伊人，就在春日正浓的时间，把一颗种子埋进彼此的心里，等待一个收获爱情的季节：

> 山有扶苏，隰有荷华。
> 不见子都，乃见狂且。
> 山有桥松，隰有游龙。
> 不见子充，乃见狡童。
>
> 《诗经·郑风·山有扶苏》

人生若只如初见，初见是所有浪漫爱情的开始。当两人四目凝望的瞬间，爱情也由此而生成。爱情和人生四季一样，也需要经历悲欢离合的段落，品味苦辣酸甜的基调。而在这爱情的四季中，如果把热恋比喻为躁动的盛夏，那么人类的初次相逢就犹如早春的桃花，鲜艳却带着柔媚、矜持与羞涩。

> 去年今日此门中，人面桃花相映红。
> 人面不知何处去，桃花依旧笑春风。
> 崔护《题都城南庄》

一次邂逅，足以让人挂念一生。在茫茫人海之中，你追随的又会在哪里？而有时，或许只是那一眼，便是一生，瞬间已成永恒。

人生就是这么奇怪，萍水相逢能情定终身，等待一世却擦肩而过。只是因为一袭风摆杨柳般婀娜的身影，便种下了寂寞成殇的情种，在芳草萋萋的季节，尝尽相思的凄苦。他们相遇在桃花铺就的彼岸，等待着落尽尘缘的泅渡。一如在蒹葭苍苍的柔波里，要将霞色化成一朵带露的玫瑰。一首简单到随情而至的小诗，却把一份至诚至纯的爱恋点化成一个至美的传说，并系在粉红色花枝的梢头，与影影绰绰的记忆一起放大为一片纷纷坠落的愁绪，化成一缕缕"剪不断，理还乱"（李煜《相见欢》）的情思，而让一个"回眸一笑百媚生"（白居易《长恨歌》）的梦影，成了三生石上敲出的柔音，奏响了一曲"与君初相识，犹如故人归"的美妙歌曲。

一见钟情难能可贵，心与心的碰撞无须时间，因为情缘早已在三生之前注定。宝玉与黛玉初见之时也有似曾相识的感觉,或许就是那五百年前的一次回眸,而把对方记在了心底。当今世的目光相遇,便已知自己将情在何方,就能断定是否此生可以相知相许。刹那间的凝望,倾注了所有人间的期盼,而把终生的情感锁定。"最是那一低头的温柔,像一朵水莲花不胜凉风的娇羞"(徐志摩《沙扬娜拉》),所有年轻的爱情都源于最初的心动。

当然,也有许多爱情,在最初的相见中就摒除了羞涩和矜持,而代之以坦率和真诚:

> 君家何处住?妾住在横塘。
> 停船暂借问,或恐是同乡。
> 崔颢《长干曲》其一

同样是初次相遇,桃花姑娘是无奈地看着爱情离开,静待来年春天可以迎来新的惊喜。而横塘妹子却敢于直抒胸臆,大胆奔放地说出内心的情愫。一静一动,相辅相成,为唐诗里一见倾心的爱情留下了迥异的韵味和风采。爱情,犹如姹紫嫣红的百花园,唯有各自盛开,才能为春天带来五颜六色的新奇和精彩。桃花的妩媚、妖娆与风姿绰约,正是唐朝女子的象征。年轻的心在春风中笑靥如花,清风过处,花枝乱舞,心动神驰……

相思之花已开,便祈求两人能在最美丽的时刻相遇,让那时的美丽落进各自的眼中,烂漫相互的心情,温柔对视的目光:

爱情　　许你一世浪漫

如何让你遇见我
在我最美丽的时刻

为这
我已在佛前求了五百年
求他让我们结一段尘缘
佛于是把我化作一棵树
长在你必经的路旁

阳光下慎重地开满了花
朵朵都是我前世的盼望

当你走近
请你细听
那颤抖的叶是我等待的热情

而当你终于无视地走过
在你身后落了一地的
朋友啊
那不是花瓣
是我凋零的心

席慕蓉《一棵开花的树》

人生若只如初见，我们宁愿沉醉在初见之时的烟雨里，倾心爱恋。如若你我只是一场戏，但愿上演的这次邂逅是唯一，相逢时登场，终老时谢幕，在一生的剧情里，生死相依。情缘不负相思引，繁花抖落离人泪。若回首，片片真心只为伊人碎。若不是情到深处难自禁，又怎会百转柔肠冰如霜。人生若只如初见，初见之时，细藤初上，春光烂漫，没有此去经年的沧桑。那个时候，漂泊流离，只为红颜一笑，却不尽滴滴思念，让人柔肠寸断。谁的容颜卷起谁的思念，似水华年，盖过谁的似水流年，却道人生若只如初见。

> 今夕何夕兮，搴舟中流。
> 今日何日兮，得与王子同舟。
> 蒙羞被好兮，不訾诟耻。
> 心几烦而不绝兮，得知王子。
> 山有木兮木有枝，心悦君兮君不知。
> 《越人歌》

人生，若只如初见，愿以风雨为饮，沧桑果腹，剪锦绣年华为褴褛。而这一切，都源于一次偶然的相遇，从此联袂唱出了一阕骊歌恨曲，把酒空对的是满腔思念，翩翩鸿雁丈量的是情深契阔。

作家沈从文曾这样描绘自己与张兆和的爱情："我这一辈子走过许多地方的路，行过许多地方的桥，看过许多次数的云，喝过许多种类的酒，却只爱过一个正当最好年龄的人。"实际上，在最好的岁月里，遇到心爱的人，能够相守固然是一生的幸福，但只要彼此拥有过动人也撩人的心跳，一切就已经足够。

　　席慕蓉说她愿化成一棵开花的树，长在爱情必经的路旁，只为在他走过的时候能够相见，如同仓央嘉措匍匐在路上的等待。那是一种渴求用千年的长生，换一生的存在，以获得与所爱之人一路相伴的爱恋。于是，那些正当年华的人，每当走过一树树桃花，都深深地记得，要认真收获人生美艳的刹那。所谓"曾经拥有"大概就是这个道理吧。而这，也正是古人的爱情故事留给我们的启示。

　　书写爱恋的宣纸已经泛黄，可每一笔书写，每一笔痕迹，似乎都记载着跨越千年万载的思念，写满了男人的辛酸和女人的凄苦。他们在诗中，握住了苍老，禁锢了时空，彼此到了地老天荒。即便是时过境迁褪尽风华之后，依然有人还在梦里守候。

　　然而，梦里相见，终究还是一梦。当更露的凝霜氤氲于思绪飞扬的窗棂，当月光的银白洒落于起伏不定的胸前，当那颗最亮的星星疾速眨动着多情的眼睛，就仿佛来自一人情深意切的问候。也仅仅是这一刻，便已爱如潮水般泛起。一份牵挂，一份期盼，还有一丝落寞，一起涌上心头。于是，梦里眉蹙，平添新忧。而瘦尽了一宵花灯的，原来是一种叫相思的离愁。

思君如流水　待得团圆是几时

> 红藕香残玉簟秋。轻解罗裳，独上兰舟。云中谁寄锦书来，雁字回时，月满西楼。　花自飘零水自流。一种相思，两处闲愁。此情无计可消除，才下眉头，却上心头。
>
> 李清照《一剪梅·红藕香残玉簟秋》

一曲千年前的"别愁"，把一段古往今来皆如此的离情别怨，传遍了人世间每一个相思的夜晚。

相思是什么？是满城飘飞的柳絮，是长街迷蒙的春雨，是封迟到了的情书，是张被岁月染黄的照片，抑或仅仅只是一个留在千年岁月中孤独而风干的背影。这是一个传奇又动人的故事,有一个女子因为思念丈夫而长久地站在山上眺望,日出日落,月圆月缺,终于,那道凝望的目光,穿越时间的尘埃,洒落在爱情的银河里,溅起了一圈圈的涟漪。花开花落,年复一年,千百个春秋过去了,她苦苦相思的身影也化作了磐石,变成了一座守望的雕像:

终日望夫夫不归,化为孤石苦相思。
望来已是几千载,只似当时初望时。
刘禹锡《望夫山》

当然,世上的爱情千差万别,人间的相思也各有不同。有的如望夫女,苦苦守候丈夫的归程。也有人愿意把浓浓的相思寄托在定情信物上,任山河斗转,心中情怀依旧。每当翻阅往事,总会历历如新,找到当年初恋的感觉。

红豆生南国,春来发几枝。
愿君多采撷,此物最相思。
王维《相思》

无论是望夫山还是爱情豆,都是表达相思的一种媒介。中国人向来含蓄,表达感情也极少奔放。尤其是在男女授受不亲的古代,连说话的机会都很少，更别提表达感情了。但爱情毕竟是人类生活的主题之一，沟通越有障碍，人们越是想方设法建立起彼此的联系。

冯梦龙在《山歌》中写道："不写情词不写诗，一方素帕寄心知。心知拿了颠倒看，横也丝来竖也丝。这般心事有谁知？"他是借用真丝素帕，倒出自己"横竖都是思念"的情感。李商隐也以"春蚕到死丝方尽"(《无题》)，表明了唯有生命终结才有可能忘却的心意。读罢令人伤感，也令人神往。

如果说，生命是一条线段，那么生与死便是它的起点与终点，这其中有限的距离，就是人生经受喜怒哀乐的全部长度。在这短促而又充满焦虑与无奈的经历中，天各一方的夫妻或分隔两地的恋人，总盼望着能有朝夕相处的时候，以让他们相伴的距离更为长久。于是，因思念引起的哀怨，便在姹紫嫣红的春天，在暮色苍茫的黄昏，在万籁俱寂的夜半，应时而发，一阵阵，一波波，一圈圈，漫卷而来。

恨君不似江楼月，南北东西。南北东西，只有相随无别离。
恨君却似江楼月，暂满还亏。暂满还亏，待得团圆是几时？
　　吕本中《采桑子》

相爱的人爱在朝朝暮暮，却又不得相守于日日夜夜，由离散而生出的相思也就充满了人生的悲喜。秦观说："两情若是久长时，又岂在朝朝暮暮。"其实，说的只是安慰和无奈。因为相爱就是 "金风玉露一相逢，便胜却人间无数"(《鹊桥仙》)的期盼，而爱，就是相伴的心愿。

思是一种痛，念是一种苦，想见却又不能相见则是痛加上苦：

> 秋风清，秋月明，
> 落叶聚还散，寒鸦栖复惊。
> 相思相见知何日？此时此夜难为情！
> 入我相思门，知我相思苦。
> 长相思兮长相忆，短相思兮无穷极，
> 早知如此绊人心，何如当初莫相识。
>
> 李白《秋风词》

秋风、秋月、落叶、寒鸦，让离别的心绪荒凉到极点。不仅会让人想，"此恨绵绵无绝期"（白居易《长恨歌》）的爱恋是否能够永远？而永远又到底有多远？有人说，世间根本就没有什么永远，永远只是一个奢侈的贪念，所以奉劝人们不要轻易去碰触，认为这个词从来都不是为人类所创造，它只适合于作为一些人心中最虚无的愿望而存在。遥远的地方有两座山，一座叫"天长"，一座叫"地久"，它们静默无语地矗立了千万年，遥遥相对，从容地看着山川无陵，江水为竭，又看着一切都变幻得面目全非。最后终于明白了，自己本身也不是亘古不变的，在很久很久以前，它们都是沧海。

其实，永远并不完全是真正的约定，而是一种两情相悦的心愿。约定，是爱的契约，是把对方扛在肩上的担当；心愿，是爱的向往，是把自己不留余地、不做备份、不设备胎地交付。如此，当两个生命融为一体的时候，

〔清〕余集 《落花独立图》

分离又怎会不痛?

李白还说"长相思,摧心肝"(《长相思》其一),李清照也说"花自飘零水自流,一种相思,两处闲愁"(《一剪梅》),这些描写离情别绪的句子,跨越千年的时间长度直抵人心,都让人不由得会生出"多情自古伤离别,更那堪,冷落清秋节"(柳永《雨霖铃》)的感叹:

> 折花枝,恨花枝,准拟花开人共卮,开时人去时。　怕相思,已相思,轮到相思没处辞,眉间露一丝。
>
> 俞彦《长相思·折花枝》

别离催生思念,此后,一方便只能把"栏杆拍遍"(辛弃疾《水龙吟·登建康赏心亭》)。爱之切,思之苦,独上西楼月如钩。于是,睹物思人,触景生情,张泌为此写出了"多情只有春庭月,犹为离人照落花"(《寄人》)的句子,一如崔护的"人面不知何处去,桃花依旧笑春风"(《题都城南庄》),与周邦彦的"当时相候赤阑桥,今日独寻黄叶路"(《玉楼春》)一样,都是一种物是人非的感叹。往日欢情,别后相思,溢于言表,花落了枝还在,明月映照下的芳菲,依然柔情不减。

相思意浓,不是古人太多情、太矫情、太煽情,而是等待鸿雁传书的时间太过漫长,以至让思念变成了遥遥无期的寂寞等待。有多少"过尽千帆皆不是,斜晖脉脉水悠悠"(温庭筠《望江南·梳洗罢》)的望眼欲穿,又有多少"游人过尽衡门掩,独自凭栏到日斜"(崔涂《上巳日永崇里言怀》)

的望穿秋水，而让丁香花的氤氲之情，总是弥漫在仰天对月的清冷中：

> 海上生明月，天涯共此时。
> 情人怨遥夜，竟夕起相思。
> 灭烛怜光满，披衣觉露滋。
> 不堪盈手赠，还寝梦佳期。
> 张九龄《望月怀远》

烛暗月明，更深露重，人单思苦，望月怀远。逐月之情也如"此时相望不相闻，愿逐月华流照君"（张若虚《春江花月夜》）一样，给月的清辉布满了幽清的色调，并使月光成为所念之人的化身，而抒发出一种"碧海青天夜夜心"（李商隐《嫦娥》）的相思之情意：

> 自君之出矣，不复理残机。
> 思君如满月，夜夜减清辉。
> 张九龄《赋得自君之出矣》

月圆月残，在"红了樱桃，绿了芭蕉"（蒋捷《一剪梅·舟过吴江》）之间，思念在生长，容颜在衰老，如同"相去日已远，衣带日已缓"（《古诗十九首·行行重行行》）一样，都缘于"日日思君不见君"（李之仪《卜算子·我住长江头》），也就不可例外地会产生"为伊消得人憔悴"（柳永《蝶恋花》)的结果。伊人远游,带走了思念,留下了离恨。从此,距离将牵挂拽长,时间把相思发酵,绵长的思念就变成了痛,变成了诗。在痴女们一个个相思的夜晚,在她们每一个寂寞孤独、忐忑不安、顾影自怜的日子里,酸楚和苦涩便成了唯一不离不弃的陪伴,而在这双味药剂的作用下,终于调理出了一批"泪洗残妆无一半"(朱淑真《减字木兰花·春怨》)、"替人垂泪到天明"(杜牧《赠别二首》其二)的痴情怨妇。

> 朝喜花艳春,暮悲花委尘。
> 不悲花落早,悲妾似花身。
> 杜荀鹤《春闺怨》

在"花开堪折直须折,莫待无花空折枝"(杜秋娘《金缕衣》)的情愫中,有"一朝春尽红颜老,花落人亡两不知"(曹雪芹《红楼梦·黛玉葬花吟》)的伤怜,也有"雨送黄昏花易落"(唐琬《钗头凤》)的无奈,更有"悔教夫婿觅封侯"(王昌龄《闺怨》)的怨恨。离愁诗意情随事迁,伤情才情水涨船高,终使闺怨成了古典诗词中落寞与哀愁的又一道风景。

古代闺阁诗的代表女性当属李清照,她闺房紧闭,离情缠绕,落墨皆泪,满纸是愁。她字字含血、声声有泪的浅吟低唱,写尽了世上的怨词,有她"才下眉头,却上心头"(《一剪梅》)的惝惝不安,也有她"物是人非事事休,欲语泪先流"(《武陵春·春晚》)的百转愁肠:

> 香冷金猊，被翻红浪，起来慵自梳头。任宝奁尘满，日上帘钩。生怕离怀别苦，多少事、欲说还休。新来瘦，非干病酒，不是悲秋。　休休，这回去也，千万遍《阳关》，也则难留。念武陵人远，烟锁秦楼。惟有楼前流水，应念我、终日凝眸。凝眸处，从今又添，一段新愁。
>
> 李清照《凤凰台上忆吹箫·香冷金猊》

她说"只恐双溪舴艋舟，载不动许多愁"（《武陵春·春晚》），所以会有"莫道不销魂，帘卷西风，人比黄花瘦"（李清照《醉花阴》）那种形单影只的寂寥，会有"切切夜闺冷"（徐彦伯《孤独叹》）那种茕茕孑立的孤寂，会有"但见泪痕湿，不知心恨谁"（李白《怨情》）的那种"欲说还休"（辛弃疾《丑奴儿·书博山道中壁》）的愁滋味。

为什么思念是苦的？为什么眼泪是咸的？为什么心里是痛的？恐怕都要归结于"山盟虽在，锦书难托"（陆游《钗头凤》）了吧。

天各一方，听不到，看不到，触摸不到，只能靠书信传情达意。所谓"距离产生美""寂寞让我如此美丽"，这些都不过是文艺的说法。再感性的人，也希望和所爱的人长相厮守。要知道，"又岂在朝朝暮暮"（秦观《鹊桥仙》）其实并不是不愿，而是不能的一种自我解脱。因为，对于相爱，谁都无法确定它是一场喜剧的揭幕，或是一场悲剧的序曲。所以，长期分离，既是对爱心的煎熬，也是对真情的考验。然而"人生自是有情痴"（欧阳修《玉楼春·尊前拟把归期说》），更多的人则是深陷在卿若以身相许后，我必相偕共白头的情网之中不能自拔：

春日游，杏花吹满头。陌上谁家年少，足风流。　妾拟将身嫁与，一生休。纵被无情弃，不能羞。

　　　　韦庄《思帝乡·春日游》

这是一种期盼的理想，也是一种自甘奉献而矢志不移的真挚情感。为情甘愿殉身而无悔是山盟海誓的最高境界，比"衣带渐宽终不悔，为伊消得人憔悴"（柳永《蝶恋花》）来得更加大胆，更加强烈，也更加义无反顾。

于是，在分别之际，"春草明年绿，王孙归不归"（王维《山中送别》）的疑问就盘旋在胸口，总是千万次地问个不休。所谓"无情不似多情苦"，因为"天涯地角有穷时，只有相思无尽处"。（晏殊《玉楼春·春恨》）一天天，一月月，一年年，时间飞逝，花开了又落，草青了又黄。

汴水流，泗水流，流到瓜洲古渡头。吴山点点愁。　思悠悠，恨悠悠，恨到归时方始休。月明人倚楼。

　　　　白居易《长相思·汴水流》

然而，青山依旧在，"只是朱颜改"（李煜《虞美人》）。面容忧伤，内心荒芜，爱怨交织。远方的人也是这样思念她么？青春是否要在等待中消磨？难道真的就青春无悔？

有一首歌唱道："明明知道相思苦，偏偏对你牵肠挂肚。"也正因为有了这许多的不舍，有了尘世中放不下的诸多爱恋，人们才对生命无比眷恋，

〔明〕边景昭《双鹤图》

不忍离去。然而，当开始寄望着"天上人间会相见"（白居易《长恨歌》）的永别之时，幸好还有相思这剂良药，虽不能根治，但总可以慰藉无数孤独行走在尘世的心灵。

"如何让你遇见我，在我最美丽的时刻？"（席慕蓉《一棵开花的树》）既然相思之花已开，便求自己能在最美的时刻与他相遇，让那时的美丽落在他的眼中，烂漫他的心情，温柔他的目光。"女为悦己者容"（《战国策·赵策一》），但时光催人老，岁月总是在悄无声息中带走女人的娇艳。花谢了还有再开的时候，燕子走了还有再回的时候，春天走了还有再来的时候，唯有容颜易老、韶华易逝、时光难回。容颜弹指老，刹那芳华，早上的露珠，到了中午就已全部蒸发，不落痕迹；夜半的昙花，销魂不过半宵，便瞬间凋谢。岁月经不起等待，容颜经不起消磨，但除了等待还能怎样？仿佛"思君如流水，何有穷已时"（徐干《室思六首》其三）就是女人应有的生活。当然，如果不分离，就没有等待，但这只是美好的理想。青年士子为了博取功名利禄和荣华富贵，实现所谓兼济天下的抱负，就不得不离家远游，使得爱妻在无尽的等待与无边的凄苦中独自品味无言的愁怨。而那些跃入龙门的骄子，又不得不在所谓经世治国的差役中疲于奔命，也无暇跟家人厮守，使得娇妻的青春红颜只能空对着明镜宝奁暗暗消退：

为有云屏无限娇，凤城寒尽怕春宵。
无端嫁得金龟婿，辜负香衾事早朝。
　　李商隐《为有》

丈夫要早朝，妻子不能与他同拥香衾，共续好梦，舍下了"春宵一刻值千金"（苏轼《春宵》）的温情，留下了"灭烛怜光满，披衣觉露滋"（张九龄《望月怀远》）的清寒，而让她在"但见泪痕湿，不知心恨谁"（李白《怨情》）的心境中，独守寂寞。但有时，爱就是那么勇敢，即使褪尽风华，也依然在彼岸守候。于是，我们在诗人的笔下看到了许多等候的女子，她们点缀了诗词的风采，也成全了诗人的愿望。

若不是诗词中留下了这样的文字，丈夫远征，妻子苦等，似乎人们都不会想起还有那样一群女子，她们为了丈夫建功立业，将丈夫送走后独自在闺阁之中，任凭自己的青春年华无声无息地消逝。若非十分珍贵，哪个女人肯用自己的容颜交换：

> 闺中少妇不知愁，春日凝妆上翠楼。
> 忽见陌头杨柳色，悔教夫婿觅封侯。
> 王昌龄《闺怨》

想那在春日里精心打扮后的闺中少妇，原本也是希望丈夫能够建功立业、拜官封侯，然后衣锦荣归，夫尊妻贵。然而，春光无人与共的凄苦，唤醒了她内心深处对青春年华的珍惜，以及对夫妇比翼相处的渴望，同时也在她的内心暗暗滋长着一缕对宦游之人的怨恨。陶渊明说："衣沾不足惜，但使愿无违"（《归园田居》其三），高官厚禄都是身外之物，有了空守闺房的体会，才知生活的真谛。女人其实想要的只是一个温暖的怀抱，其他皆是过眼烟云。但是，她们又知道，对男人来说，只有功成名就才能光宗耀祖，恩泽后生。所以，为了爱人人生圆满，她们又不得不牺牲自己的幸福，送夫宦游或戍边建功。尽管她们知道，此去一行，有可能会是永生的告别。

天各一方，两地分居，思念更是无处可藏，无处不在，所以有"情人怨遥夜，竟夕起相思"（张九龄《望月怀远》）的幽怨。晏几道也说："两鬓可怜青，只为相思老。"（《生查子·关山魂梦长》）只为相思老，还是相思催人老？更何况红颜又易老。牵了相思手的那一刻，刻骨的相思就弥漫在飞舞的日子里，为你而老便已是命中注定。

有一首歌唱道："只是因为在人群中多看了你一眼，再也没能忘掉你容颜。……想你时你在天边，想你时你在眼前，想你时你在脑海，想你时你在心田。……"思念如影随形，甩也甩不掉，"剪不断，理还乱"（李煜《相见欢·无言独上西楼》），都是离愁和别怨。

> 三十三天觑了，离恨天最高。
> 四百四病害了，相思病怎熬？
> 郑德辉《倩女离魂》

佛说的离恨天，是要教导芸芸众生学会放弃。当相濡以沫的情缘，因各种原因难以为继的时候，可以试着把它置放在回忆中，让它脱离现世的烦恼，暂安于心。意思是说，与其望断来时路，天涯思君，不若相忘于江湖。可是，那些被铭记千年的相思之苦，那些传说的地老天荒，那些无法言说的爱恨情愁，那些蚀骨入髓的情花之毒，如何透过时间淡忘？

真能相忘于江湖吗？所谓相忘于江湖，不是洒脱，而是无奈。往往，许多事虽已压在心底，已经模模糊糊，已经时过境迁，明明想要忘记，却又偏偏会不时想起。并非都是"像一个吻刚刚结束，还留一丝湿度，然后挥发在空气中找不到任何证物"那样，有挥一挥衣袖的洒脱。当时的感情，当时的心境，虽只字片语，只能追忆，但又总有太多的痕迹可以追寻：

> 去年元夜时，花市灯如昼。月上柳梢头，人约黄昏后。　今年元夜时，月与灯依旧。不见去年人，泪湿春衫袖。
> 欧阳修《生查子·元夕》

物是人非的怅惘，今昔对比的凄凉，美景也成了伤感之景。月与灯装扮的元宵节之夜虽热闹明亮，主人公的内心却黯淡无光。灯、花、月、柳，在主人公眼里不过是凄凉的化身、伤感的催化剂、相思的见证物。佳人难觅，心中满是"泪眼问花花不语，乱红飞过秋千去"（欧阳修《蝶恋花》）的忧怨，不由得让人泪湿衣袖。

相思的泪多，相思的哭诉更多："人说相思苦，离人心上苦缠绵，我说相思难，山高路远难相见，一点愁，感慨万千，红豆应无言，应无言；红烛为谁燃，今夜你不在身边，偷拭腮边泪，红红喜字我无缘，一杯酒，思绪万千，望不回旧时燕，旧时燕。……"

相思无以为寄，唯有寄予歌赋。诗人们在写下一句一行哀婉的文字时，是否想到过，那些浮现在纸上的忧伤，那些缠绕在笔墨间的丝网，那些流淌在心里的迷惘，并没有定格，而是穿越千年岁月，在月光下徘徊，在蓝天下绽放？

相思，恰如生命线段的延长线，它并不会因为一方生命的终结而中止，它会在另一方爱的守望中不断延续。虽然在许多人眼中这只是一段虚线，但在有情人的眼中，午夜梦回，睹物思人，涌上心头的依然是爱恨情愁。即便是今生不能相守，也要将芳心只为君而留。

喜新厌旧帝王心 后宫嫔妃的愁与怨

历史本身就是一个舞台,有主角也有配角。凡是在人世走过一遭的,在这场历史大剧中,或带着聚光灯的光晕风风光光,或在他人的影子下一闪而过,有人在舞台上挥舞得筋疲力尽,有人又终身都在为自己的亮相而准备。唱主角的,似乎戏份与生命的长度一样,而当配角的,却只等得容颜已老,大幕还不曾为他拉开。如帝王们无暇顾及的嫔妃宫娥,她们甚至连舞台的大小都未及看到,参演的曲目就已经结束,大戏也已散场。在这场演出中,人们或许只记住了"三千宠爱于一身"的杨贵妃,而其他的两千九百九十九个六宫佳丽，却只有在寂寞深宫中，悄悄地美丽，默默地衰老。她们极度渴望得到帝王垂爱，于是日复一日地做着准备，并用层层粉黛年复一年地掩盖着眼角失望的皱纹，然后，再亲自把年华一丝一丝织就成一张拦截希望的网，让青春的憧憬渐渐幻灭。最后，留下的，便只是那一声声凄绝的叹息。

　　古典诗词中之所以有众多脍炙人口的爱情诗篇，主要在于古人对爱情的呼唤，因为爱情，始终是蓄积并按压在人们心头的一种炽热的渴望。中国古代的婚姻，大多都来自"父母之命、媒妁之言"，缺少我的婚姻我做主的爱情基础，尤其是宫廷婚姻，更是只有皇权的需要，而无丝毫情感因素。皇帝的三宫六院七十二嫔妃，能有幸承蒙恩宠的宫中粉黛少之又少，如此的婚姻不仅没有爱情，就连起码的亲情也都极度欠缺，有的也只能是满载的欲望——情欲、性欲和权力欲。而大多数宫中的女人，只能在高深的红墙之内虚度光阴。长久的孤独空虚，催生了她们正值豆蔻年华之时的春思之情，同时也积郁了幽闭难耐的叹惋和凄怨。于是，就有了为数众多的宫怨诗：

　　雨露由来一点恩，争能遍布及千门。
　　三千宫女胭脂面，几个春来无泪痕。
　　白居易《后宫词》

　　她们，或有"寂寞空庭春欲晚，梨花满地不开门"（刘方平《春怨》）的"未承恩"之怨，或有"君王宠初歇，弃妾长门宫"（崔颢《长门怨》）

的"恩已断"之怨。白居易的《上阳白发人》，通过一个老宫女的悲惨遭遇，抒写了那种"未承恩"之怨：

上阳人，红颜暗老白发新。
绿衣监使守宫门，一闭上阳多少春。
玄宗末岁初选入，入时十六今六十。
同时采择百余人，零落年深残此身。

从诗中可见，宫女的妙龄芳华已经渐渐衰败，白发却在不断增多，入宫的时候才刚刚十六，而现在已经步入花甲。高大的宫门重重紧闭，寂寥的岁月无边无际。上阳宫并不是轻歌曼舞、欢声笑语的华美宫殿，而是一座禁锢青春、绞杀热情和希望的坟墓，是一座无情无义、无声无息的大牢。三千佳丽，被禁锢在深宫之中，既得不到皇帝的召见，也无法与家人团聚。风霜雨雪，冷暖悲欢，她们就这样不声不响地盛开和凋落，最终成了残花败柳，而不得不被命运"清场"。就像一场华丽的春梦，空留下诸多寂寞的怀想。于是，有多少墙内"寂寞红"的宫花，也就有多少"未承恩"的怨恨：

十二楼中尽晓妆，望仙楼上望君王。
锁衔金兽连环冷，水滴铜龙昼漏长。
云髻罢梳还对镜，罗衣欲换更添香。

> 遥窥正殿帘开处，袍袴宫人扫御床。
>
> 薛逢《宫词》

她们或时而得幸，时而失宠；或终生望幸，却永宿空房；抑或小有不慎，惹火烧身。墙高宫深，月圆月缺，不知有几多怨叹，几多血泪。黄宗羲曾激愤地写道："敲剥天下之骨髓，离散天下之子女，以奉我一人之淫乐。"（《明夷待访录·原君》）于是，民间便多怨夫，宫中也多怨女。"始是新承恩泽时"而"尽日君王看不足"（白居易《长恨歌》）的幸运毕竟是少数，她们中更多的人则不得不在独守寂寞中"零落年深残此身"（白居易《上阳白发人》）。被冷落的宫人远离故乡，幽禁深宫，与外界隔绝。她们日复一日、年复一年地在九重宫门之内小心翼翼、战战兢兢地生活，就像是被判了无期徒刑，从此便再也不会有什么未来。

> 故国三千里，深宫二十年。
> 一声何满子，双泪落君前。
>
> 张祜《宫词两首》其一

原本她们都是待字闺中的少女，心中也曾装满幻想和对美好生活的憧憬与希望。起初，她们或许对皇宫有过好奇，对前途抱有希望，以为那是一个一步登天的地方，以为那是一个飞黄腾达的良机，以为那是一个锦衣玉食的世界，是无上尊荣的开始。然而，理想是丰满的，现实却是骨感的。

她们入宫后才发现,这里美女如云,争奇斗艳,要想在万花丛中脱颖而出,获得君王的恩宠,谈何容易。她们的青春都是一样的光鲜,但未必都能够绽放自己的光彩:

柳色参差掩画楼,晓莺啼送满宫愁。
年年花落无人见,空逐春泉出御沟。
司马札《宫怨》

宫女们在深宫的高墙内埋葬了自己的青春年华,在等级森严的宫廷里失望度日,在百无聊赖的寂寞中抒发怨情。她们在还是豆蔻年华之时被选入宫,然而,等待她们的不是荣华富贵,却是"泣尽无人问,容华落镜中"(崔颢《长门怨》)的孤苦和酸楚。此情此怨,在盛衰对比中,也就成了借古讽今的极佳题材:

银烛秋光冷画屏,轻罗小扇扑流萤。
天阶夜色凉如水,坐看牵牛织女星。
杜牧《秋夕》

摇曳的烛光让屏风上的画更加幽冷,深深的夜色,清冷如水,坐在这一片月光中,看着牵牛织女星,手持团扇的宫女正在兴味盎然地扑打着"流萤"。宫女的日子是漫长的,所有的生活千篇一律都是寂寞,甚至可以望见人生的尽头也是寂寞堆砌的时光：

> 柳叶双眉久不描，残妆和泪污红绡。
> 长门自是无梳洗，何必珍珠慰寂寥。
> 江采萍《一斛珠》

更为不幸的是，有的后妃并不是天生就没有亲近君王的机会，而是受宠幸后又遭遗弃。对她们来说，这日子就比普通宫女更加难熬了。于是，又有了一首抒写宫女"恩已断"之怨的诗作：

> 新裂齐纨素，皎洁如霜雪。
> 裁为合欢扇，团团似明月。
> 出入君怀袖，动摇微风发。
> 常恐秋节至，凉飙夺炎热。
> 弃捐箧笥中，恩情中道绝。
> 班婕妤《怨歌行》

汉成帝刘骜时，班婕妤被选入宫，初时受宠，后因赵飞燕夺爱，被冷落后作《怨歌行》，借纨扇夏天为人所爱，而秋天便束之高阁之意，抒写自己失宠的怨情。

还有，一旦主子驾崩后，曾被宠幸过的嫔妃就得住进专门安置先帝遗孀的院落——慈宁宫、寿康宫、寿安宫，从此开始过着一盏青灯伴古佛与素衣斋食了余生的生活：

> 泪湿罗巾梦不成，夜深前殿按歌声。
> 红颜未老恩先断，斜倚熏笼坐到明。
>
> 白居易《后宫词》

对女人来说，最幸福的事莫过于与自己心爱的人双栖双宿，长相厮守，就这样慢慢变老。然而，看似最简单的希求多少人却终其一生也难以实现，尤其是宫人们更是如此。曾经风花雪月，如今面目全非。命运时常把思念生生扯开，使两个人远得像在两个空间。有的人在韶华流逝中，把曾经的温暖刻印成了一道遥远的影子，虽岁月蹉跎，却仍在那个落叶的世界里，守望着一个盛开季节的到来。

宫怨诗中也有一些抒写宫女渴望爱情与自由的作品。唐代诗人张祜的《赠内人》便是这方面的代表作之一：

> 禁门宫树月痕过，媚眼惟看宿鹭窠。
> 斜拔玉钗灯影畔，剔开红焰救飞蛾。

此诗写宫女在月光下出神地看着双栖的鹭鸟，斜拔玉钗，以之剔开燃烧的灯花，救出落在灯里的飞蛾，从而将宫女的怨情以及她对自由的渴望，委婉含蓄地表现出来。

宫女一旦入宫，大都将伴随着无聊与泪水活在宫中，直至死于高墙之内。唐代诗人杜牧的《宫人冢》对此做了深刻的反映：

尽是离宫院中女，苑墙城外冢累累。
少年入内教歌舞，不识君王到老时。

宫女少年入宫，教习歌舞，可是直至老死也未能见到君王一面，更不用说受宠了，这是多么悲惨的命运！

宫怨诗中还有一些将写宫怨与盛衰之叹结合起来。这方面的典型当数唐代诗人元稹的《行宫》。诗中荒废已久的行宫，庭院内盛开着的红花，以及"闲坐说玄宗"的"白头宫女"，与大唐的盛衰形成鲜明的对照，全诗言简意赅，耐人寻味：

寥落古行宫，宫花寂寞红。
白头宫女在，闲坐说玄宗。

"枯木逢春犹再发，人无两度再少年。"（《增广贤文》）寒来暑往中，见宫花年年火红，而宫女们的黑发却日渐生白。满怀希望入宫来，不料却被安置在上阳宫，除了遥想贵妃的丰腴、玄宗的恩宠，留在心里的记忆还能剩下什么呢。她们只能寂寞地打发时光，而时光又因为寂寞显得无比漫长：

> 昨夜风开露井桃，未央前殿月轮高。
> 平阳歌舞新承宠，帘外春寒赐锦袍。
>
> 王昌龄《春宫曲》

明代诗人刘基有一首《长门怨》："白露下玉除，风清月如练。坐看池上萤，飞入昭阳殿。"以陈皇后的失宠曲笔抒写宫怨情愁，表达借古讽今的题旨。王昌龄的《长信秋词五首》其五"长信宫中秋月明，昭阳殿下捣衣声。白露堂中细草迹，红罗帐里不胜情"也一样，是借汉代班婕妤长信宫中的故事，反映唐代宫女的生活，抒写其怨情。

然而更多的宫怨诗，写的还是宫中女人的爱恨情愁：

> 宫殿沉沉月欲分，昭阳更漏不堪闻。
> 珊瑚枕上千行泪，不是思君是恨君。
>
> 刘皂《长门怨三首》其二

没有得宠或者失宠的宫女，一边日夜渴望皇帝的宠幸，一边时刻关注谁是新宠。怎一个焦虑了得？不管得宠的是谁，只要不是自己，就会黯然神伤。如果是自己，又担心能蒙恩多久，下一次是什么时候，还会不会有下一次。"莫向樽前奏花落，凉风只在殿西头"（李商隐《宫辞》），宫女在进退两难、患得患失中煎熬度日。

在皇权至上、夫权为重的时代，无数正值豆蔻年华的少女被困宫闱，

白白耗费了青春年华。她们一生空付于一个男人,却得不到寻常女子的简单幸福:

> **奉帚平明金殿开,且将团扇共徘徊。**
> **玉颜不及寒鸦色,犹带昭阳日影来。**
> 王昌龄《长信秋词五首》其三

天刚蒙蒙亮,未获皇宠的宫女便清扫完了庭院,然后就只能以团扇为伴,消磨时间。她们的美貌在曙色未出的暗影里还不如空中飞过的寒鸦,它们尚有机会沐浴一点后宫晨曦的光泽,而宫女在死气沉沉、令人窒息的冷宫中望眼欲穿,看不到半点希望。白天她们以团扇为伴,而到了晚上,就只能百无聊赖地"卧听南宫清漏长"(王昌龄《长信秋词五首》其一)。

> **芙蓉不及美人妆,水殿风来珠翠香。**
> **谁分含啼掩秋扇,空悬明月待君王。**
> 王昌龄《西宫秋怨》

帝王之爱,不过是一时的情绪,是一闪而过的春梦,当半宿的缠绵过后,留下的就是一生的等待,一生的期盼,一生的憔悴和一生的不甘。被选入宫中的少女,个个如花似玉,貌美如仙,但却很难得到帝王宠爱。有得必有失,即使是一夕春风雨露,却也难免被嫔妃及宫女因为嫉妒而蓄意陷害,轻则体罚，重则性命不保。皇帝身边美女如云，祈求她们去珍惜被宠幸过的宫女不过是幻想。一旦被遗忘、被排挤、被抛弃，等待她们的就是幽闭深宫的寂寥凄凉。从来只有新人笑，有谁听到旧人哭。

> 梨花风动玉阑香，春色沉沉锁建章。
> 唯有落红官不禁，尽教飞舞出宫墙。
> 武衍《宫词》

诗歌以高墙深锁的春色抒写宫女被禁的悲哀，以落花飞舞出宫墙寄寓宫女渴望自由而不能如愿以偿的怨情，融情于景，情景交融。

> 早被婵娟误，欲妆临镜慵。
> 承恩不在貌，教妾若为容。
> 风暖鸟声碎，日高花影重。
> 年年越溪女，相忆采芙蓉。
> 杜荀鹤《春宫怨》

诗中以对春风送暖、鸟语花香的描绘，对宫女入宫前在溪边采莲的追忆，来反衬宫女今日的怨苦。

其实，还有一种可能，一条出路——没有无尽的等待，没有阴险的陷害，没有残酷的斗争，没有生死的豪赌，远离是非恩怨之地，远离女人争宠的江湖。对众多宫中女性来说，如果不是要借入宫达到某种目的，并且在宫中已经或正在实现，出宫是最理想的归宿。

所以还是可以期待放归，有因病被弃的，如王建的《宫词一百首》之三十七："因吃樱桃病放归，三年著破旧罗衣。"这位宫人因病被驱逐出宫，三年里仍穿着旧衣服。可见，她生活的困顿。也有年老色衰被放逐的，如吴少微的《相和歌辞·怨歌行》："城南有怨妇，含怨傍芳丛。自谓二八时，歌舞入汉宫，皇恩数流眄，承幸玉堂中。……是时别君不再见，三十三春长信殿。……归来谁为夫，请谢西家妇，莫辞先醉解罗襦。"这位宫女在青春年少时凭借能歌善舞的才艺入宫，曾经得到皇帝宠爱，但是在寂寞地度过三十三年后，还不能在宫中终老，五十多岁被放出宫，其惨景可想而知。

唐代被放出宫的宫人主要是从事歌舞声乐表演的宫伎，她们虽然有一技之长，但是命运也好不到哪里去。

首先是婚姻不如意，她们往往所适非偶，对嫁的丈夫不满意：

一旦放归旧乡里，乘车垂泪还入门。
父母愍我曾富贵，嫁与西舍金王孙。
念此翻覆复何道，百年盛衰谁能保。
忆昨尚如春日花，悲今已作秋时草。

崔颢《邯郸宫人怨》

这个宫人在出宫之后不仅有家可归，而且还嫁了不错的郎君，真的很

诗词里的至情人生

〔明〕唐寅《吹箫图》

幸运,应该令人欣慰。即使如此,她还是感叹昔如春花,今似秋草,可见其生活并不幸福。

> 歌舞梁州女,归时白发生。
> 全家没蕃地,无处问乡程。
> 宫锦不传样,御香空记名。
> 一身难自说,愁逐路人行。
> 张籍《旧宫人》

这个梁州歌舞伎,她初来中原时,正当青春年华,入宫后供皇帝驱使作乐,当她被逐出宫时,头发已经花白。家乡已被吐蕃所占,何处是她的归处?可怜的老宫女,很可能在流亡中丧生。虽然宫中的生活并不幸福,但是她们在出宫后却一再忆及往昔,入宫与出宫的经历都深深铭刻在她们的记忆中,让人越发感到凄凉。

其实,等待一个男人并没有多苦,而真正锥心的痛楚是等待心仪的那个他,能否从百花丛中流连而归。若一个男人身上挂系了太多的芳心,等待的女人等到的伤害也就越深。爱情,是一种专属的爱恋,多情一定不是真情,而对于女人来说,要的只是一个真切的关怀。正如舒婷所写:"与其在悬崖上展览千年,不如在爱人肩头痛哭一晚。"(《神女峰》)纵山河万里、锦衣玉食,又怎能比得上心爱之人的温暖怀抱。宫中之怨,怨不在衣食名利,只怨在毫无意义的等待。

杨柳含烟灞岸春 年年攀折,年年伤别

在陌陌红尘中,我们总在与人不断相遇又不断离去。江淹在《别赋》中以"黯然销魂者,唯别而已矣"两句,道出了人生共有而又各自刻骨铭心的离愁别恨。虽然别离让我们泪眼滂沱,但相思却又让人守望一生。缠绵的爱,沐浴在阳光下,悲泣在风雨中,刺痛的心,细碎的泪,都是无法忽视的悸动之情。流年多殇,这应是我们多情的泪花拼凑的爱痕吧,也许痛得无法呼吸,也许伤得彻头彻尾,愁肠百结,点点都是离人的泪。人生喜聚不喜散,又不得不散,于是对相聚的留恋,对分别的伤感甚或痛惜,便被诗

人们反复记述和咏叹。

在"碧草青青花盛开"的爱情世界里,两个相爱的人自然都希望有"彩蝶双双久徘徊"的缠绵无期,也都有"梧桐相待老,鸳鸯会双死"(孟郊《烈女操》)的生死相依之心愿,抑或是抱定了"坐结行亦结,结尽百年月"的永结同心、不离不弃。一起看尽花开花落,是所有痴情男女的共同期望。只是人世无常,并不是所有的爱都能尽如人意。所谓爱有多深,痛也会有多深,所以,当这些"心心复心心,结爱务在深"的相爱之人"一度欲离别"的时候,又怎能不"千回结衣襟"(孟郊《结爱》)呢?

徜徉在爱河里的两人却不得不天各一方,这其中的愁苦与恋念更是千般叮咛万种恨了。虽然偶尔也会生出"两情若是久长情,又岂在朝朝暮暮"(秦观《鹊桥仙》)的无奈安慰之语,但更多的却是"送君南浦,伤如之何"(江淹《别赋》),以及"若教眼底无离恨,不信人间有白头"(辛弃疾《鹧鸪天·昨日寒鸦一片愁》)的怨叹。要知道,天涯孤苦,生离死别,总会带着几许撕心裂肺的痛:

多情却似总无情,唯觉樽前笑不成。
蜡烛有心还惜别,替人垂泪到天明。
杜牧《赠别二首》其二

别筵上,凄然相对,默默无言,强颜欢笑。然而正是这咽泪装欢的表面平静,更加显示了别离时的内心苦痛。恩爱与离别,依恋与不舍,怎不让人欲哭无泪、欲诉还休。张泌说:"多情只有春庭月,犹为离人照落花"(《寄人》),也是一样的别情依依、离恨满满。李商隐的《离亭赋得折杨柳二首》其一更是通过"人世死前惟有别,春风争拟惜长条"的咏叹,写出了恩爱的柔情、难舍的多情和寄望的深情。诗人看似惜柳,其实是在惜人。人生一世,总有无数离别,而那些转身远去的瞬间,都会锥心刻骨般地镶嵌在老去的流光里。只有春风拂动的柳枝丝条,才能聊慰离人的无数次道别。

在古代的诗境中,花鸟鱼虫、春华秋实,不同的景物对应着各种不同的情感表达,而主管别意与离愁的,便是柳树上的细丝柔枝了。所以,刘禹锡写道:"长安陌上无穷树,唯有垂杨管别离。"(《杨柳枝词九首》其八)

柳,又称"垂杨""杨柳",是古代诗词中借以抒发离情的典型意象。有名的如王维的《送元二使安西》:"渭城朝雨浥轻尘,客舍青青柳色新。劝君更尽一杯酒,西出阳关无故人。"有王之涣的《送别》:"杨柳东风树,青青夹御河。近来攀折苦,应为别离多。"也有崔道融的《杨柳枝词》:"雾捻烟搓一索春,年年长似染来新。应须唤作风流线,系得东西南北人。"还有孟郊的《折杨柳》:"杨柳多短枝,短枝多别离。赠远屡攀折,柔条安得垂。……莫言短枝条,中有长相思。朱颜与绿杨,并在别离期。楼上春风过,风前杨柳歌。……"

杨柳轻扬,但让它担负起黯然销魂的重任,是从遥远的《诗经》开始的:"昔我往矣,杨柳依依。今我来兮,雨雪霏霏"。(《诗经·小雅·采薇》)诗中柳枝摇曳而起,别思漫卷而来,从而促成了柳寄离情的情愫。及至汉代,折柳送别终成专为远行之人奏唱离情的悠扬协奏。而后南朝范云在他的《送别》中写道："东风柳线长，送郎上河梁。未尽樽前酒，妾泪已千行。不愁书难寄，但恐鬓将霜。空怀白首约，江上早归航。" 同时代的刘绘也在他的《送别诗》里说："春满方解箨，弱柳向低风。相思将安寄，怅望南飞鸿。"从此，柳与送别携手出行，开启了此类送别诗的先河。及至隋朝末年，在隋朝民歌《送别》里，我们看到的已然是折尽的柳条："杨柳青青着地垂，杨花漫漫搅天飞。柳条折尽花飞尽，借问行人归不归？"诗中那摇烟曳水的杨柳似乎在宣告，随后的唐代诗坛，将是它们充分发挥的天地，尽情表演的舞台。而其中，仅刘禹锡写过的柳枝词就足足达十三首之多。另外，李白的《塞下曲六首》其一："五月天山雪，无花只有寒。笛中闻折柳，春色未曾看"，还有杜甫的《吹笛》："故园杨柳今摇落，何得愁中曲尽生"，也都在柳中寄予了浓浓的别思。

宋代词人对杨柳也延续了唐人的热度，几乎有名的词人都有佳作涉及。他们往往通过抒写离愁别恨，来歌颂爱情的真挚。于是，杨柳愈发隽永多姿，形象也日渐丰满起来。

单是欧阳修就有《蝶恋花·庭院深深深几许》："庭院深深深几许，杨柳堆烟，帘幕无重数。"《生查子·元夕》："月上柳梢头，人约黄昏后。"《采桑子·群芳过后西湖好》："飞絮蒙蒙，垂柳阑干尽日风。"晏几道也写了《鹧鸪天·彩袖殷勤捧玉钟》："舞低杨柳楼心月，歌尽桃花扇底风。"而柳永的《雨霖铃》："今宵酒醒何处？杨柳岸，晓风残月"，更是写尽了人间的缠绵。

垂柳枝条千万条，随风飘扬，婀娜多姿，是文人墨客的最爱。每当古人送别时，杨柳便出现在渡口、驿站、城门外、桥头上，杨柳多情，似要挽留行人。

每当古人思亲时，杨柳便出现在亭台楼榭旁，杨柳依依，似解人意。围绕着杨柳枝也就留下了许多文人逸事。

唐天宝年间，家境清贫的书生韩翃到长安考进士时与李生结为好友，曾在他家里住了一段时间。李生有一宠姬柳氏，善于吟诗作赋，一日不经意看见了韩翃，因倾慕其才情而心生爱意。李生知道这个事情后，便将柳氏赠给了她心仪的韩翃。第二年，韩翃考中了进士，回老家省亲报喜信。因时局动荡，韩翃不敢带着美貌的柳氏上路，只好将她暂时安顿在长安。随后安史之乱爆发，两京沦陷，夫妻间就此失去了联系。韩翃多次派人回长安寻找柳氏，但接连三年都没有找到。等到肃宗收复长安时，韩翃担任淄青节度使侯希逸府中的书记，他既不知道柳氏是否还健在安好，也不知道她在乱世中是否已经变心跟随他人，但却恋念愈甚，便提笔写下《章台词》，再次派人去京城寻访：

章台柳，章台柳，昔日青青今在否？
纵使长条似旧垂，也应攀折他人手。

"章台"为秦国所建宫殿，以宫内有章台而得名，诗中借指长安，"章台柳"即暗喻长安柳氏。诗人探问当年妙龄依依的柳氏是否还安好健在，说她当年袅袅婷婷的身姿应该仍不减当年。但是在这多事之秋，恐已为他人所劫。一种希望与失望、侥幸与不幸、揣测与担忧的矛盾心情溢于言表，写尽了一腔抚今追昔、柔肠百折的相思痴情和疑虑焦灼。

这次的信终于送到了柳氏的手中。原来柳氏心知自己貌美独居，在乱世中十分危险，便到法灵寺中落发寄居，即使这样还是被番将沙咤利发现并劫走了。沙咤利对柳氏十分宠爱，但柳氏依然心系韩翃。这次收到韩翃的来信，得知韩翃也在急切地找她，问她是不是已经改嫁了，柳氏立刻回了首《杨柳枝》：

杨柳枝，芳菲节，可恨年年赠离别。
一叶随风忽报秋，纵使君来岂堪折。

诗的大意是，当惜春日旖旎芳菲之际，伉俪蜜月之时，却年年聚少离多，而今失身番将，姿容憔悴，纵使郎君不弃，欲续前好，而我也深感自惭自愧，怎还能指望你再来"攀折"呢。

收到柳氏的回信后，韩翃更加不能割舍思念之情。等他跟随侯希逸回到长安时，经常在长安街头徘徊，希望能遇到她。后来苍天不负有心人，他们终于在街上相遇。柳氏含悲告诉他自己的处境，并匆忙扔下一个小包就走了。

韩翃拾起红布小包，打开一看，是一个精致的小盒子，里面装着柳氏常用的胭脂香膏。闻着熟悉的幽香，想到与爱妻从此生离死别，韩翃不禁大恸。当天正好有唐军高级将领邀请韩翃到长安酒楼聚宴，他到了酒席上只顾低头喝闷酒，神情郁郁寡欢。座中有位年轻的小将许俊听说此事，便借着酒兴拉过两匹骏马跑到沙咤利府中趁着守卫的家人不注意，竟然把柳氏生生抢了回来。

当时唐代宗李豫正借重沙咤利这批番将在平定安史之乱中立功出力，所以众人担心许俊此举闯下大祸，阖座一同去向侯希逸汇报，请他想个办法了结此事。侯希逸听后立刻给皇帝上表,陈说了韩翃夫妻的感人故事。代宗读了奏报也感叹不已,亲笔御批:"将柳氏判回给韩翃,另外赏赐给沙咤利二千匹绢。"终使韩翃夫妻破镜重圆。

柳枝里不仅含藏着一些缠绵的爱情逸事,同时也还是古人表情达意的代言之物。柳枝娉婷,柳叶如眉,是古代多情女子的化身。柳条随风飘舞,亦如挥手致意。因"柳"与"留"谐音,所以分别的人往往折柳相赠,以表不舍与挽留。所以,杨柳枝也是一个表达恋爱的道具。六朝无名氏所作《三辅黄图》一书曾说:"灞桥在长安东,跨水作桥,汉人送客至此桥,折柳送别。"二月灞河,春苔始生,垂柳婆娑。这便是汉唐盛世长安送别的地方。

灞河是渭河水系的最大支流,原名滋水。春秋时秦穆公不断向外扩张,攻取西戎后为了彰显他独霸一隅的威势,将滋水改为了"霸水",后来又因意附会了一个水旁,于是就有了传至今日的"灞河"。灞河横陈长安东隅,灞桥是长安城通往关中东部的必经之地。古时候,曾在这里专门设有驿站,称作"灞亭",是亲友出行时话别的地方。如诗中所言:"送君灞陵亭,灞水流浩浩。"(李白《灞陵行送别》)

送别时,古人以"柳"寄"留",攀折相赠,求的是能留住各自的相思之心,表达一种盼归之意。暮春三月,灞河岸边柳絮飘舞,犹如漫天飞雪,这一自然现象在诗词的吟咏中被附加上了浓厚的情感色彩,最终成了一道独特的文化景观和诗史名胜。对于诗人们来说,这里的"柳"既是伤别时取之不尽的托情之物,也是渲染长安景色的落笔之处。晚唐诗人郑綮就曾经说过,他的诗思在灞桥风雪中,在驴子的脊背上。灞水、灞柳、灞亭,古往今来,无数文人墨客为之倾倒。西京古道、暮霭紫阙、浩浩灞水与那无花古树、伤心春草，构成了一幅令人神荡的画面。离情别怨、诗情才气，在这个叫作灞桥的地方被挥洒到了极致，并诞生了许多如"骊歌愁绝不忍听"（李白《灞陵行送别》）般的诗句。著名的有李白的《忆秦娥》"箫声咽，秦娥梦断秦楼月。秦楼月，年年柳色，霸陵伤别。乐游原上清秋节，咸阳古道音尘绝。音尘绝，西风残照，汉家陵阙"，白居易的《青门柳》"青青一树伤心色，曾入几人离恨中。为近都门多送别，长条折尽减春风"，罗隐的《柳》"灞岸晴来送别频，相偎相倚不胜春。自家飞絮犹无定，争解垂丝绊路人"，刘禹锡的《杨柳枝词九首》其八"城外春风吹酒旗，行人挥袂日西时。长安陌上无穷树，唯有垂杨管别离"，等等。

秦穆公早就不在了，而阅尽了千古兴亡的灞河还在，因灞河而生又为灞河添姿的柳枝词还在。诗人笔下灞河岸边的依依绿柳，早已枯衰于历史的烽烟中，河道里愈来愈孱弱的流水，也已经无法让人再感受到昔日古渡的浩渺。但是，灞桥的名字却一直都没有从后人的记忆里淡逝。通过载于史籍的诗文，我们很轻易就能够寻觅到它隐匿于诗酒风流中的苍凉与感动。

桥下，流淌的是古人送行的酒。桥上，飘洒的是亲友难舍的泪。这种伤别的恋念被诗人们一遍遍吟咏，灞桥的名字也就被离人一次次唤醒了。

每行至此，目光总会与心念一起伸向远处。一种莫名的情绪瞬间就漫卷成浓重的气息，游离于苍茫的灞河上下，久久不散。

十里长堤为相送的亲人培植了十里低垂的柳枝，就宛如一幅表现忧郁的真切图画。离人相挽走来时，在一步一叹中折柳相赠，然后"执手相看泪眼，竟无语凝噎"（柳永《雨霖铃》），一种无奈的割舍和惜别的挽留之情早已不再只囿于心内，而转身之后的苍茫色调，更是烘托了那种即将天涯相隔的悲切，让一种隐忍的情感终致奔泻而出，成为滔滔奔涌的流水。

伫立桥头，诸多的离情别怨，即使是千年之后还仍然清晰可闻。"念去去，千里烟波，暮霭沉沉楚天阔"（柳永《雨霖铃》）的愁绪，总会在一个不经意的眺望中便悄然从诗词里走来，而后，在丝丝垂柳、点点飞絮的映衬下，迤逦为一片寻访之人的满眼落寞。

流落长安的醉客，用长风当舞的衣袖，挥动长长的柳枝牵绊住欲行的脚步，吹开滔滔的水潮载走无语的凝咽。在"年年柳色，灞陵伤别"中，《忆秦娥》的箫声成了"秦楼月"下不再消逝的伴奏。凄婉的音调，诉说着古今离别的幽怨，而把送别的情、景尽数交融在了灞河的两岸。一幅如此清冷的画卷，为世人收藏了一抹永远的忧伤，让途经的路人无不沉浸在"正当今夕断肠处，骊歌愁绝不忍听"（李白《灞陵行送别》）的心绪之中。

两句"杨柳含烟灞岸春，年年攀折为行人"（杨巨源《赋得灞岸柳留辞郑员外》）的诗文，又描述了一种唯美而清冷的风景，用一柄穿透时光的竹笔，营造了诗人雕刻的极致境界，让我们仅凭想象，就可抬脚走入历史的长河，在灞河岸边柳絮纷飞的缠绵春色里，一唱三叹，泪湿栏杆。

如今，古桥早已不复存在，河堤的深处还依稀可见几点寥落的桥桩枯木。隔着意念中的灞桥，独立桥头，冥思却早已蔓延到了桥尾。那些文人墨客的婉转情伤、敛眉唱叹，就含在干涸的唇间，让人甚至都可以品味到苦涩的滋味。每每至此，一声疑问便不经意而来，究竟是灞柳渲染了离情，还是伤别成全了诗吟?

  然而无论如何,一种深沉的感受都已由此弥漫开来。从那"最是动人愁怨处,离情盈抱终无语"(赵令畤《蝶恋花》)的叙述中,一对执手相牵、泪眼蒙眬的眷侣,在他们欲行还留的脚步里,在他们欲诉还休的湿唇边,在他们欲放还牵的手指中,在他们欲罢不能的惜别时,纵然是"清江一曲柳千条"(刘禹锡《杨柳词》)的寄赠,也难以留住渐行渐远的背影,怎不生出"任他离恨一条条"(雍陶《题情尽桥》)的哀怨。绿柳无心,离人有意。正是这曾经的灼痛,默默地烙刻了一条烟尘后的悲情长廊。

  古人的墨迹告诉我们,离别是酿制诗情的老窖。曲曲骊歌,千年唱叹,使得青江春水、无花古木、芳草流云、波光微澜终成一景。灞桥确实要感谢秦穆公,正是因为他将滋水改为了灞水,灞桥才有了承载历史的桥桩,并以折柳送别而独霸诗坛。

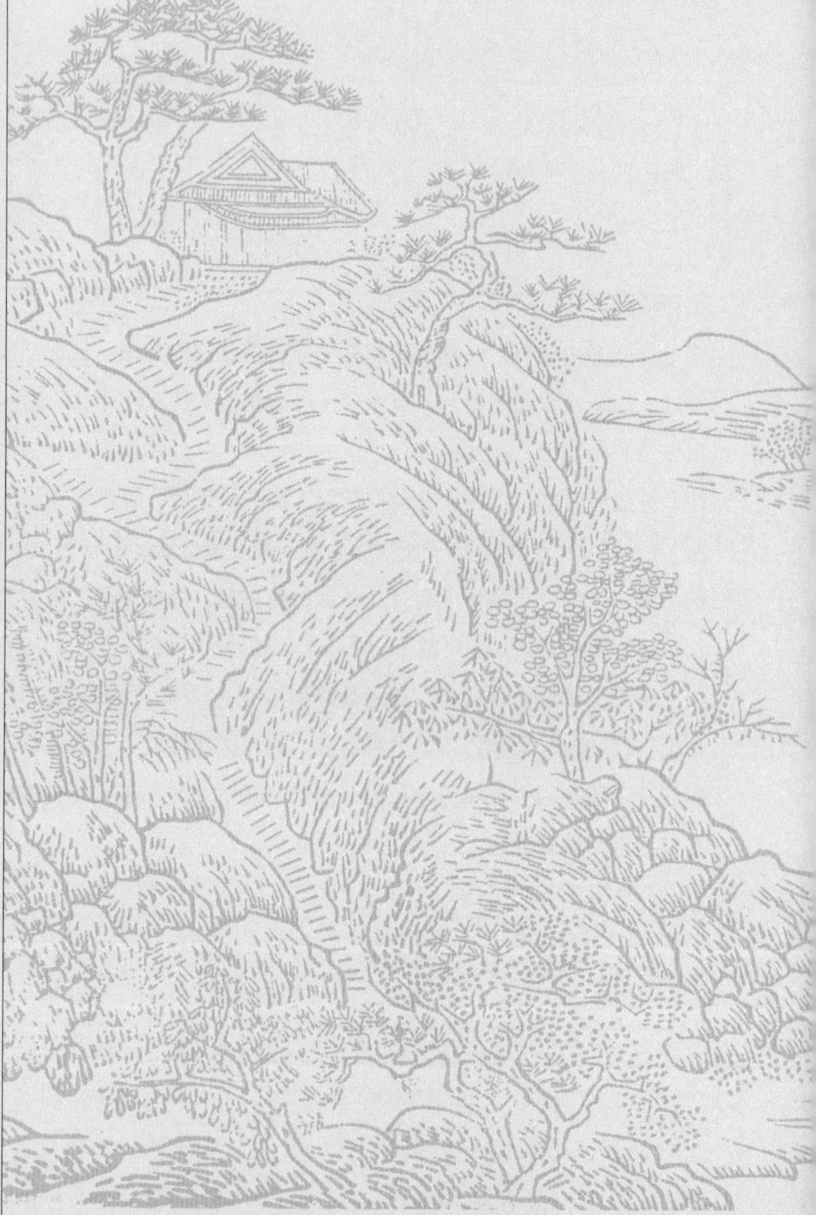

乡情 羁旅途中的深情回望

故乡的明月始终是离家在外游子们心中的朱砂痣，深藏在他们充满深情的诗句中，如李白一生情系明月，也只有在明月之下，才可以品出生性洒脱的他那种淡淡的思乡愁绪。思乡的愁绪是没有年轮的青藤，千百年来，一直缠绕着漂泊他乡的游子，而且走得越远，离家时间越长，被缠绕得也就越紧，从而催生出『叶落归根，倦鸟归林』的急迫心情。『少小离家老大回』是一种纯朴自然的荣耀之归，而『近乡情更怯，不敢问来人』的惶恐之情是特定人群的情感体验。游子的头顶总是飘着一抹故乡的云，而故乡的云永远都在召唤着它那浪迹天涯的游子。虽然有疲惫，但是天边的云总给游子托起无边的希望，因为故乡的云里，流动着的永远都是故乡的体温。

竟夕起相思

露从今夜白，月是故乡明

李白的故乡是明月，陶渊明的相思是菊花，诗人们透过腕下的笔管，把我们对故土的情感越拉越长。杜甫用两句"露从今夜白，月是故乡明"（《月夜忆舍弟》）诉说了行旅途中的牵挂。白居易也同样以"共看明月应垂泪，一夜乡心五处同"（《望月有感》）表达着赤子的思念。王安石则在"春风又绿江南岸，明月何时照我还"（《泊船瓜洲》）中，又借着皓皓月光抛洒了一抹淡淡的忧伤。

明月自古被人爱，以至成为中国人人人倾心的情感坐标，对它充满了浪漫的想象和深深的眷恋，因而也寄托了我们许多美好的愿望。古人把月亮视为他们生命的重要组成部分,仓颉在造字时就把月亮融进了我们的血肉:我们的脑,我们的肝,我们的胆,我们的胳膊,我们的腿,都与月字息息相关。尤其是当两个月亮并肩而立时,就生出了沐浴在桂华珠晖里肝胆相照的友谊——朋友。古往今来的文人墨客无不为之倾倒,写下了不计其数的咏月诗篇,都在苦苦诉说着"月有阴晴圆缺"(苏轼《水调歌头·丙辰中秋》)的相思与哀愁。

对诗人来讲,不仅有三四月春花烂漫时月的妩媚,八月里斑驳树影中月的皎洁,也有倾泻在无垠雪夜上的冷月,月都是一样的素光淡影、轻风漫洒,朗色清辉、华傲无声。无论是"柔情似水,佳期如梦,忍顾鹊桥归路"(秦观《鹊桥仙》)的七夕,还是"转朱阁,低绮户,照无眠"(苏轼《水调歌头》)的中秋,当月的素芒轻触大地时,月下的心情都会变得灵敏易感,很容易就会生出"为谁风露立中宵"(黄景仁《绮怀诗十六首》其十五)的情怀。人不由得就会惦念那翘立中宵的有情之人,想象她也在手捧着一轮明月,寒露润眸,深情远望?于是,月下的心情细腻而柔软,缠绵而多情。思妇、思亲、思乡,所有的思念都被收纳进了月光。而这一切,只因诗人经历了一次不得不走的旅行。

因此,月亮便在文学作品中成了思乡怀远的传统意象。"月"在中国古典诗歌中,不只是一种自然景物,也是一种情感、一种思想的载体。诗人怀念家园、父母的情思,常寄托于明月之上。当孤臣浪子云游天涯之际,总是把明月与故乡联系在一起,使明月最终成为启动乡愁、寄托乡思、抒发乡情的引信和起爆点。

离家的游子一定都怀揣着一轮悬弓，因为在那弯镰的素芒里，总是寄居着他与日俱增的乡愁和乡恋。在每一个清辉漫洒的夜晚，高挂的冰轮总能让人产生"千里共婵娟"（苏轼《水调歌头》）的温暖、"月上柳梢头"（欧阳修《生查子·元夕》）的温馨与"何处相思明月楼"（张若虚《春江花月夜》）的愁苦。张九龄离开家乡后说："遥夜人何在，澄潭月里行。悠悠天宇旷，切切故乡情。……"（《西江夜行》）；崔道融在"满地梨花白，风吹碎月明"的寒食夜里"独贮望乡情"（《寒食夜》）；而王建则是在"中庭地白树栖鸦，冷露无声湿桂花"的中秋夜里乡情悠悠："今夜月明人尽望，不知秋思落谁家"（《十五夜望月寄杜郎中》）；还有晚唐的于濆，他也写出了"晚风吹碛沙，夜泪啼乡月"（《戍卒伤春》）的诗句。尤其是李白，虽然他始终都生活于行游的路上，并且执意把自己长久地放逐在异乡，但却仍借着让人产生亲切感的"举头望明月，低头思故乡"（《静夜思》）成就了"中华第一思乡诗"之美誉。诗人们的心头之所以总要牵挂着家乡的圆月，并不真是因为家乡的月亮比他乡圆，而是因为它能实现"照在家乡，照在边关"的时光穿越，让人获得"你也思念，我也思念"的即时感受。其实，睹月思人，望月思乡，并不在于它是否真的能够缩短时空，而在于它确实能够拉近两地的人心。因而即便是千年后的我们，对月亮也依然情有独钟。刘亮程在沐浴着月光的时候会产生"我不回头就看见了以往"（《今生今世的证据》）的感觉，而席慕蓉也写出了"故乡的歌是一支清远的笛，总在有月亮的晚上响起"（《乡愁》）这样的思乡之情。

清润柔和的明月之夜，多少或因贬谪，或因战乱，或因求仕，或因征戍而背井离乡的人们,只要面对明月,他们就会诉说对家乡的思念。想念家乡的亲人,想念家乡的朋友,想念家乡的陈酒,想念家乡的歌谣,也想念家乡的山与水,甚至想念家乡飘零的落叶以及沧桑的老树。而这种想念,在他们每遇情感刺激的时候便会奔涌而出。

唐玄宗开元二十四年(736),张九龄因遭奸相李林甫诽谤,被贬荆州。在一个微风习习的夜晚,当那"照之有余辉,揽之不盈手"(陆机《拟明月何皎皎》)的明月映入眼帘时,一股对亲人的思念之情油然而生,让他难以入睡。诗人独自移步室外,凭栏远望。于是,一种浓浓的思念之情不期而至:

> 海上生明月,天涯共此时。
> 情人怨遥夜,竟夕起相思。
> 灭烛怜光满,披衣觉露滋。
> 不堪盈手赠,还寝梦佳期。
>
> 张九龄《望月怀远》

夜让世界宁静,却让心灵涌动。月让夜色皓洁,更让思绪荡漾。没了月的夜,受伤的灵魂可以被黑暗隐藏,而入了夜的月,又会使许多的恋念重新滋长。诗人伫立于院中,仰望高挂的圆月,绵绵的思绪倾泻而出。月芒如镜,让他的心里不禁涌起了诸多的遐想和涟漪。然而手中虽然掬着一捧满满的月光,但却无法传递给远方的亲人,而只能祈求用梦里的相逢来慰藉自己深深的思念。

〔明〕戴进《月下泊舟图》

乡情　羁旅途中的深情回望

　　思念都是月亮惹的祸，只因月色太美而家乡又是那么亲。诗人或独上高楼，或临窗眺望，一股没有来由的思念总会突然跃上眉头，涌上心头。于是天地之间只有情，情又随着诗句倾泻而出。

　　杜甫一生颠沛流离，生于盛世死于衰微，只有在避居成都时才算过上了一段安稳的日子。公元755年安史之乱爆发，潼关很快失守，杜甫把自己的家小安置在了鄜州（今陕西富县），独自向西去投奔肃宗，但事与愿违，却被叛军所俘，押回长安。在羁縻长安的日子里，杜甫望月思乡，离乱之痛和内心之忧熔于一炉，对月惆怅，忧叹愁思，只有把希望寄托于不知"何时"的未来，不禁写下了一首《月夜》：

　　　　今夜鄜州月，闺中只独看。
　　　　遥怜小儿女，未解忆长安。
　　　　香雾云鬟湿，清辉玉臂寒。
　　　　何时倚虚幌，双照泪痕干。

　　今夜鄜州圆圆的秋月是多么皎洁美好，妻子却一个人在闺阃外独自望月：希望夫婿快点回来！幼小的儿女还不懂思念在长安的父亲，不能理解母亲对月怀人的心情。夜露深重，你乌云似的头发被打湿了，月光如水，你如玉的臂膀可受寒？什么时候才能和你一起倚着窗帷，仰望明月，让月光照干我们彼此的泪痕呢？

　　寂寞思亲之情跃然纸上。明明是自己对远在鄜州亲人的思念，却不直接道出，而是从妻子的角度，设想妻子儿女在鄜州也同样对月思念着自己。妻子对月思夫，而孩子们却不能理解母亲对月怀人的心事。在月下长时间地伫立思人，露水沾湿了妻子的头发，月亮的清辉映得妻子玉臂生寒。因思念而动情的妻子泪眼迷蒙，她在想：我们何时才能团聚呢？杜甫也不禁流下了思念的泪水。可以想象，在离乱的岁月里，夫妻各居他处，天涯共一轮明月，联结着两人的思念，怎能不泪满衣襟？

《诗经·王风·君子于役》说："君子于役，不知其期。曷至哉？鸡栖于埘。日之夕矣，羊牛下来。君子于役，如之何勿思！君子于役，不日不月。曷其有佸？鸡栖于桀。"大意是："丈夫远出服役，不知他什么时候才能回来。天色已晚，鸡都已经归窝，牛羊也下山了。而此时，丈夫他在哪里呢？怎能让人不思念？丈夫远出服役，不知日月归期。何时才能重聚？"这是一幅关于家的久远画像。夕阳、妻子、牛羊、鸡鸭，家的标配一应俱有，和谐安逸，但炊烟虽已升起，却不见男主人的身影，一种残缺的遗憾让人不禁心生凄楚，而他们的离别之痛也让人感同身受。

对家的依恋来源于人与生俱来的归属感，这是一种自我保护的动物本能。所以，家既是归途的尽头，也是灵魂最终的依托和安放地。如果失去了对家的守候，人世间的所有奋斗也就失去了它应有的意义。对于家的情感，也就构成了人们对故乡的怀想。纵观古今，概莫能外。尤其是在诗人的眼里，家、国和故乡，总能合为一体，而在意象中，表达了一种强烈的向往之情：

长安一片月，万户捣衣声。

乡情 羁旅途中的深情回望

> 秋风吹不尽，总是玉关情。
> 何日平胡虏，良人罢远征？
>
> 李白《子夜吴歌·秋歌》

长安一片皎洁的月色下，女子们捣衣的声音隐隐传来。秋风萧萧中，又到了给征人送衣的时候了。什么时候才能平定胡虏的叛乱呢？到时候自己的丈夫也就可以回来了吧！月色撩人，勾起了这些女人思夫的情思。高适在《燕歌行》里写道："少妇城南欲断肠，征人蓟北空回首。"一边是男人空望故乡的悲愁，一边是留守女人肝肠寸断的苦盼，太平盛世里，浓缩着男人的血，也满和着女人的泪。在这"回看血泪相和流"（白居易《长恨歌》）的地方，正播放着一首首望断天涯的哀歌。

李白的志向虽然是天下，但他的志趣却被放逐在了天涯。他几乎每天都走在"仗剑去国，辞亲远游"的路上，每一个夜晚也都寄居在异乡的屋檐下。行游江湖不是不想家，而是他的心中装着一个更大的家。

李白从"五岁诵六甲，十岁观百家"（李白《上安州裴长史书》）开始，一直生活在四川青城。二十五岁时才怀着"山随平野尽，江入大荒流"的豪迈之气离家求取功名，虽然路上有"月下飞天镜，云生结海楼"的美景做伴，但依然对家乡充满了"仍怜故乡水，万里送行舟"（李白《渡荆门送别》）的依恋之情。

出川后，在盛唐的社会大背景下，李白尽情挥洒着他的才情，磊落作歌，带领着唐代诗歌进入了一个空前浪漫而又繁荣鼎盛的时代。但是自此以后，他再也没有回过家乡。家乡在他的心中，只能成为一个美好的回忆，或者美好的梦：

> 床前明月光，疑是地上霜。
> 举头望明月，低头思故乡。
> 李白《静夜思》

对李白而言，此时的明月温绵如水，如同千年以后余光中眼里"满地的月光"那样，"带有荷叶的清香"（《满月下》）般浪漫而多情，时刻都温暖着他心中的异乡牵挂。他一生爱月，月亮好像是他生命的一部分。在少年时代，天真烂漫的诗人就对月亮情有独钟："小时不识月，呼作白玉盘。又疑瑶台镜，飞在青云端。仙人垂两足，桂树何团团。白兔捣药成，问言与谁餐？……"（李白《古朗月行》）然而时间是无法回头的，童年已经一去不再复返，但童年的记忆却成为永恒的怀念。人无论走到天涯还是海角，看到月亮都会想起自己的故乡，想起自己的童年。在离家的路上，那弯峨眉山月总在牵扯着李白的思恋："峨眉山月半轮秋，影入平羌江水流。夜发清溪向三峡，思君不见下渝州。"（《峨眉山月歌》）故乡的月亮已经深深镌刻在他的心中，所以他也就把最真挚的感情都献给了月光。在"明月直入，无心可猜"的句子里，表达的是他"为君一击，鹏抟九天"（《独漉篇》）的报国情怀。在"举杯邀明月，对影成三人"中，发出的是一声"永结无情游，相期邈云汉"（《月下独酌四首》其一）的孤独之情。当得知朋友遭贬之后，

乡情　羁旅途中的深情回望

他也要借着月亮寄上一份深深的同情："杨花落尽子规啼，闻道龙标过五溪。我寄愁心与明月，随风直到夜郎西。"（《闻王昌龄左迁龙标遥有此寄》）

尽管李白出川求取功名时正值国力强盛的盛唐时期，但边尘却从来也没有肃清过。无休止的征战，使得出关戍边的战士，几乎没有生还的可能。但是，保家卫国就得有所牺牲，李白深知其中的大义，也就更加充满了对戍边将士的敬意和对他们家人的同情，于是写下了"明月出天山，苍茫云海间"的诗句，从另一个角度引发出了一阵浓浓的离人思乡之情，并以"长风几万里，吹度玉门关"（《关山月》）两句，使凄苦转变为壮美。

安史之乱爆发后，李白为了建功立业，错投李璘阵营，结果被定为叛逆，幸得郭子仪解救，才改为流放夜郎，中途遇赦，归至江夏，与峨眉山下来的蜀僧相遇，感慨万分，作了一首《峨眉山月歌送蜀僧晏入中京》：

> 我在巴东三峡时，西看明月忆峨眉。
> 月出峨眉照沧海，与人万里长相随。
> 黄鹤楼前月华白，此中忽见峨眉客。
> 峨眉山月还送君，风吹西到长安陌。
> 长安大道横九天，峨眉山月照秦川。
> 黄金狮子乘高座，白玉麈尾谈重玄。
> 我似浮云滞吴越，君逢圣主游丹阙。
> 一振高名满帝都，归时还弄峨眉月。

可以说，李白对家乡的月始终都不能忘怀，就是万里远游之后，也一直既看且忆，更愿相伴而行。而今在黄鹤楼前见到了来自故乡的僧人，他带来了峨眉山月的气息，而这气息又将伴随他一同再到长安。家乡的月不仅照过江夏，也照着他一直痴心不忘的长安，而且等蜀僧回到蜀中后还能有峨眉的月色相伴。其实，万里共明月，本无所谓这里明月那里明月之分。但是，这一方面可见李白对故乡月亮情有独钟，另一方面对比自己身似浮云，滞留吴越，羡慕蜀僧还有再见到峨眉月的机会。

机会，多么难能可贵的字符，对于多情又多才的李白来说，难道他就真的寻觅不得吗？当然不是。游侠对他来说，不是选择，而是志趣。既然他是盛唐的代表，所以就理应与大唐的山水欢喜与共；既然他是一代诗仙，那么浪迹天下才应该是他最好的皈依。他让自己成为思乡的游子，而把每一次远行都作为一次逐月的开始。路有多长，月就有多明亮。既然地理上不能返乡，那么就让灵魂天天都走在回家的路上。飘逸洒脱的李白在他六十二岁时，终于把自己完完全全地融进了他一生钟爱的月光里。作家安旗写道："此时，夜月中天，水波不兴，月亮映在江中，好像一轮白玉盘，一阵微风过处，又散作万点银光。"于是"醉倚在船舷上的李白，伸出了他的双手，向着一片银色的光辉扑去"（《李白纵横探》）。月亮的情人为月亮殉情而去，并把一地的月霜永远留在了故乡。

故园东望路漫漫

乡情最深,牵挂最长

故乡在诗人的记忆深处,烙印下永不磨灭的情结。他们走出家门,四处漂泊,从此成为"身在异乡为异客"(王维《九月九日忆山东兄弟》)的游子。没有了故乡的山,也没有了故乡的水,当风雨来临,他们只能靠自己的肩膀默默承受。然而,故乡对诗人来说,又像每个晚上都给自己留着的一盏夜灯,温暖地照耀着他们所有孤单的日子。剪不断的乡愁,在一代代诗人的演绎下,变得哀婉动人。

故乡似乎又是一个很模糊的概念,到底什么才最能代表故乡,恐怕谁也说不

清楚。村口那些"来时万缕弄轻黄"(石悫《绝句》)的杨树和柳树,门前屋后那"春风不改旧时波"(贺知章《回乡偶书二首》其二)的溪流,还有"荷叶田田青照水"(欧阳修《渔家傲》)的池塘,可能都是生命开始成长的见证,也是未来岁月永远都抹不去的熟悉的味道。即便两个素不相识的人碰面,如果他们都来自同一个地方,那么乡音乡情,总会令他们彼此信任而感到亲切。所以,中国人将"他乡遇故知"列为人生的四大喜事之一,因此故乡在人心中的分量,也就成了不言自明的事情。

  大千世界,人海茫茫,并不是每个人都有在他乡遇到邻里乡亲的机会。而一旦"忽逢门前客,道发故乡来"的时候,又往往是千言万语不知从何说起。即便是最讲究谈吐的诗人,也难免家长里短,问的或许都是"旧园今在否,新树也应栽",或者"院果谁先熟,林花那后开"(王绩《在京思故园见乡人问》)等一些好像无关紧要的小事,但却"犹是逢人说故乡"(王问《赠吴之山》)般意味深长。落叶是异乡时常弥漫的伤感,蔓草繁花又是故乡最多的牵挂。循着陌路的乡音,问一声路遇的乡党,可知远方的季节变换:

君自故乡来,应知故乡事。
来日绮窗前,寒梅著花未?

王维《杂诗三首》其二

> **折花逢驿使，寄与陇头人。**
> **江南无所有，聊赠一枝春。**
>
> 陆凯《赠范晔》

对背井离乡的游子来说，离开家乡的时间越长，家乡的变化自然也就越大，所有有关故乡的信息又都值得关注。或许有的变化会令游子欢欣喜悦，但也有些世事变迁却会让人感到失落或悲伤。大凡能够在诗人的心中历久弥新而不能忘怀的，一定是当年那些最刻骨铭心的记忆。或许事情很寻常，一次不经意的邂逅，一个浪漫的幻想，或者只是自己种过的树木，放过的牛羊，养过的鸡鸭，甚至是窗前那片"遥知不是雪"（王安石《梅花》）的梅花。诗人的乡情总是会在每一个"晚风吹碛沙，夜泪啼乡月"（于濆《戍卒伤春》）的时间悄悄升起，然后，浓浓的思绪便在慢慢的品味中来来回回地荡漾。

> **独在异乡为异客，每逢佳节倍思亲。**
> **遥知兄弟登高处，遍插茱萸少一人。**
>
> 王维《九月九日忆山东兄弟》

王维少年时期就与胞弟结伴离开了家乡，虽然他的诗才很快就得到了广泛的认可，并借此进入了上流社会，成为令人钦羡的诗佛，但经历了仕途的颠沛流离之后，却逐渐对这种漂泊的生活产生了厌倦，思乡之情开始在他的心中发酵弥漫，挥之不去。长安，是繁华的帝都，吸引着无数心怀天下的士子。而对于如他一般的那些"西漂"一族来讲，长安又都是他们独自打拼的异乡，所以究竟是继续坚持还是干脆退却放弃，也就始终困扰着这些举目无亲的离家游子。适逢重阳来临，同行离家的胞弟也已经返回老家，只剩下王维一人客居在此。此时，一种难以排遣的思乡之情便油然而生，于是他便提笔写下了自己的感叹。

佳节思亲，亲思牵人。两种相思，都源于节日的来临，于是在时空中一起穿梭。到了"树欲含迟日，山将退旧尘"（薛能《除夜作》）的除夕，他们会在"旅馆寒灯独不眠，客心何事转凄然"的苦楚中，抒发出"故乡今夜思千里，霜鬓明朝又一年"（高适《除夜作》）的苦怨。当"一年将尽夜"来临的时候，"万里未归人"又怎能不生出"寥落悲前事"的苦叹呢？但因为有家，有家的期盼，有家的温暖，所以他们的心头还依然怀有"明日又逢春"（戴叔伦《除夜宿石头驿》）的憧憬。等到寒食节时，尽管迎来的将是"二月江南花满枝"（孟云卿《寒食》）那种欣欣向荣的季节，但是出门在外的游子仍然有"况逢寒食倍思家"（卢纶《寒食》）和"他乡寒食远堪悲"（孟云卿《寒食》）的愁苦。而冬至将要到来的时候，又会因为"想得家中夜深坐，还应说着远行人"，而生出"抱膝灯前影伴身"（白居易《邯郸冬至夜思家》）的孤苦之叹。

游人远游时，即便是头顶的星星能够点亮满城的灯火，有了漂泊感的人也一样找不到属于他自己的一丝亮光。异客，其实就是过客。当你穿过尽管已经逐渐熟悉起来的街道时，它展现给你的依然是一个陌生的面孔。

毕竟你所看到和了解的都是这里的现在，所谓的"现在"又总是存在于充满未知的变数里，而那个再也没有变数的"过去"中，却不曾有过你的身影。能与你的回忆不分不离的，只有家乡的人、家乡的事了。

当一个人漂泊在举目无亲的异乡时，就常常会有一种孤独感。尤其是在"万家灯火城四畔"（白居易《江楼夕望招客》）或"万家灯火暖春风"（王安石《上元戏呈贡父》）的日子里，感触可能更深。因为，即便是生活在"殿前灯火一天明"（王建《宫词一百首》）的长安，尽管脚下也能斜射过来几缕"庭燎之光"（《诗经·小雅·庭燎》）的余晖，纵然是身处"千门灯火"（张令仪《踏莎行·元夕》）之中，但却没有半点专为自己点燃。照亮自己归程的，永远都是母亲床头那盏熬夜缝补衣衫的油灯。

倦鸟尚且需要归林，何况是一个有情有义的人呢？平常的日子也就罢了，每逢阖家团圆之时，孤身一人的寂寞就会将时间撕扯得更加支离破碎，每一丝细微的感受都变得更为清晰，思乡的细胞也就开始不断分裂，从而扩散出更多的思念。这时的乡情俨然已经变成了不能碰触的痛处。而这，可能就是我们常常说的乡愁了。

什么是乡愁？似乎乡愁并不具体，与故乡一样，是一个很模糊的概念。或许乡愁就是对故乡的河流怀有的恋念。它蜿蜒着流过你生命的童年，滋养了你身体的所有细胞，让你有了最初的味觉、触觉、听觉和视觉，而乡愁就愁在那种习惯养成之后又被生生地打破和改变上。故乡是生命萌发和生长的土壤，也是岁月无法抹去的一股熟悉的味道。离开故乡，就染上了乡愁，而诗词里的乡愁，就带着那股浓浓的气息，所以总能感人至深。

〔明〕钟钦礼《春景山水图》

　　岁月如老牛在故乡的田野里晃晃悠悠，任由残阳把记忆的碎片倒映在斑驳的地埂上。故乡的一切，似乎已在游子的心里种下了那枚守护衷情的蛊，让人魂牵梦萦、牵肠挂肚。生于江南、身在西北的张籍对这一点体会最深，所以才会说"客亭门外柳，折尽向南枝"，而把他"日日望乡国"（张籍《蓟北旅思》）的情绪渲染到了极致。

　　思念确实无处不在，无时不有。或是"独作异乡人"（张蠙《别后寄友生》）的对月远望，或是"吹我乡思飞"（李白《秋夕旅怀》）的羁旅之怀，抑或是"双袖龙钟泪不干"（岑参《逢入京使》）的故园东望，而这样的相思却显然过于直白，从张籍的《秋思》里或许能让我们读出内心更为婉转的深切思念：

洛阳城里见秋风，欲作家书意万重。
复恐匆匆说不尽，行人临发又开封。

在消息传达不便的古代，长期客居异地的人往往有类似的体验。一经诗人提炼，这件极其平常又极为普通的细小情节就具有代表性意义。后人每每读到，常有感同身受之叹，即所谓的人同此心，心同此理。

曾写过"一川碎石大如斗，随风满地石乱走"（岑参《走马川行奉送出师西征》）这一雄浑气象的边塞诗人岑参，也有着和张籍一样的情怀，他的《逢入京使》就经常被后人用来和《秋思》做比较：

故园东望路漫漫，双袖龙钟泪不干。
马上相逢无纸笔，凭君传语报平安。

岑参于天宝八载（749）远赴西域，离长安许久，不免思念家中的亲人，在路上碰到了回返的故人，一去一返，两相对比，不由得让人黯然伤神。因而他一边请故人捎口信回长安，告诉家人自己一切都好，一边又泪流满面地用衣襟拭泪。

岑参一生先后两次去过边塞，度过了六年边关戎马的生涯。他出生于官宦世家，曾祖、祖父和伯父都做过宰相，父亲也做过刺史，所以在他的意识中，若求不得功名即是有辱家门的事情。因此他毕生不遗余力而奋斗的志向也便只有一个，就是出将入相。要么征战沙场建功立业，要么匡扶社稷报效朝廷。他曾自言："万里奉王事，一身无所求。也知塞垣苦，岂为妻子谋。"（《初过陇山途中呈宇文判官》）基于此，岑参的人生态度充满了积极向上的进取之心，所以他的边塞诗便写得昂扬大气。既然他"也知塞垣苦，岂为妻子谋"，似乎就不应再有"晚风吹碛沙，夜泪啼乡月"（于濆《戍卒伤春》）式的表达，不过也正是如此，才显出了诗人的至情至性。"奉王事"不等于无家事，"不为妻子谋"不等于心中不挂念妻子儿女，因思家而落泪不代表他在艰苦的边陲建功的心志不坚，所以丝毫没有那种"今来客鬓改，知学弯弓错"（于濆《边游录戍卒言》）的悔意。与故人在路上的不经意遭遇让诗人突生酸楚，但他却能在寒暄过后擦干泪水，继续打马向前。这时我们看到的已经不是那个被故乡牵绊着脚步的岑参了，而是一个更加毅然决然的诗人，一个随着马蹄声不断远去的坚强男人的背影。

　　此行是岑参第一次去西部边塞，远离家乡告别亲人去从军的心情十分复杂。一方面他频频回首怀念家乡，另一方面他远去戍边建功立业的决心又十分坚定。既然顾家和报国之间没有两全的答案，那么西去从军报国就只能是他唯一的选择。边塞戍边的人舍弃了与家人朝夕相处的机会，家国难两全时他们只能独自把个中滋味咽回心底，但谁也不能阻止他们对家的思念。于是也就有了纳兰性德那首引起无数人共鸣的《长相思》。

　　思乡，怎一个愁字了得。不管身处何处，思乡的情绪不会有丝毫的递减，

乡情　羁旅途中的深情回望

时光深处,酿一壶乡愁,伴着清风饮下,流出来的就是万古的忧伤。

一般有两种情况会触发思乡的情绪。一是孤身漂泊,二是被贬在外。唐代诗人中最典型的迁客就是柳宗元。他既是诗人,又有被贬在外十余年的遭遇,先在永州,后调柳州。这些地方,都是当时的蛮荒之地,风俗迥异,物资匮乏,生活艰苦。柳宗元身处逆境之中,满目尽是他乡之人,萍水相逢,有话无人能说,因此,他常思念自己的亲友和故乡:

> **海畔尖山似剑铓,秋来处处割愁肠。**
> **若为化得身千亿,散上峰头望故乡。**
> 柳宗元《与浩初上人同看山寄京华亲故》

深秋季节,草木变衰,自然界一片荒凉。"悲歌可以当泣,远望可以当归"(汉乐府《杂曲歌辞·悲歌》),一个远贬他乡的迁客登山临水时,总会触目伤怀,百感交集,愁肠欲断。诗人痴想,人都说,站得高望得远,假如我站在这像"剑铓"似的"尖山"之巅,也许就可以望见自己的故乡了,既然这样,那么山山都可以望故乡,可是自己只有一个身子一双眼睛啊,怎么办呢?于是天真的诗人产生了一个奇特的想法:佛经中不是有"化身"的说法吗?而和自己一同看山的浩初上人不正是龙安海禅师的弟子吗?在他的帮助下,也许能够"化得身千亿",这样就可以尽情地眺望故乡了。

宋之问因媚附武则天的宠臣张易之而获罪,中宗复位后,于神龙元年(705)春贬他为泷州(今广东罗定)参军。他前往贬所途经大庾岭时,遥望乡关，只见鸟儿飞翔，花儿开放。他的魂魄和思绪都随着那向南飞翔的故乡之鸟而去了，岭北绽放的梅花却多情地向他频送春光。此景此情，使他黯然神伤。山雨欲停未停，天空已放出些许晴光：

> 度岭方辞国，停轺一望家。
> 魂随南翥鸟，泪尽北枝花。
> 山雨初含霁，江云欲变霞。
> 但令归有日，不敢恨长沙。
>
> 宋之问《度大庾岭》

由于天气好转，诗人心情也逐渐开朗，由天气的变化联想到自己的命运，也充满了希望。于是不禁发出了"但令归有日，不敢恨长沙"的感慨，表示他只希望有回去的那天，就心满意足了，对自己遭受贬迁不敢有所怨恨。

在这样美好的山水景色中，诗人的心潮逐渐趋于平静，开始振作起来面对现实考虑自己的出路。在《早发大庾岭》里有这样的诗句："适蛮悲疾首，怀恐泪沾臆。感谢鹓鹭朝，勤修魑魅职。生还倘非远，誓以报恩德。"可见他希望勤奋修职，争取早日赦归。

诗词中很多名篇佳句之所以能打动人心，广为流传，主要是源于对生活真诚、细腻地描摹，对人类共通的普适性情感的阐释和解读。虽然斗转星移，日月变迁，但是我们通过阅读那些经典的句子仍然可以仰望古人的天空，并从他们的故事中品出五味的精彩人生。生活就像一段长长的旅程，

乡情　羁旅途中的深情回望

人们走在这条出行的路上，漂泊不定，却又常常在中途的驿站停留，而每一次驻足时，又都会想起上一次曾经停靠过的港湾，因为那里就像心灵的栖息地一样。

现代生活的便捷，早已打破了地域的限制。二十岁的孩子常常背着行囊异地求学，或者也有早早开始社会生活的朋友，踏上离家的列车，去外面的世界寻求更广阔的天空。在新的时空下，人们结识新的朋友，组建新的家庭，在"第二"甚至"第三故乡"深深扎根，开枝散叶，经历新的人生。正像著名学者陈平原在散文中说的那样，在一个地方待久了，这个地方也便成了故乡。

> 客舍并州已十霜，归心日夜忆咸阳。
> 无端更渡桑干水，却望并州是故乡。
> 　　刘皂《旅次朔方》

刘皂说，我像客人一样在并州生活了十年，这些日子里，我日夜想家，只盼着能早点荣归故里。刘皂没有说为什么到的并州，也没有说为什么又要回家乡。但是古今一理，料想初渡桑干水时，背井离乡不过是为了理想、功名奔波。但已年深日久，虽十载艰辛，却一无所获，只得告老回乡。

十年是一个不短的时间，"十年为客在他州"（无名氏《杂诗》）堆集起的乡愁，对旅人来说，显然是一个沉重的负担，所以无时无刻不想回去。出乎诗人意料的是，十年的怀乡之情虽然是一个沉重的负担，但因为在并州住了这十年，久客之中竟不知不觉地对并州也一样有了乡情。事实上，它已经成为诗人心中的第二故土了。所以，当再渡桑干，回头望着东边渐行渐远的并州的时候，另一种思乡的心境，居然猝不及防地涌上心头，然后形成了一个沉重的负担，所以又会有"莫怪乡心随魄断"（无名氏《杂诗》）的感慨。

思乡之情，人皆有之，自古皆然。这种"眷眷怀顾"的故乡情怀不仅仅是异乡游子一时的慨叹，也是"父母在，不远游"的孝道伦理赋予中国人的一种恋家情结。当古代文人在追求理想的过程中遭遇了坎坷和窘困时，思乡就会与隐退之念一并滋生。中国人懂得迂回，而非西方《荷马史诗》英雄的百折不悔。既有"兼济天下""内圣外王"的价值追求，也有保全自己的"独善其身"，有那种"外求不得，反求自身"的处世境界。

思乡一般多是对童年生活和故里桑梓的恋念，而那些都是养成他人格特征的基层土壤，是与他的生命最为和谐的文化环境。思乡其实就是一种精神味觉回归，就像肠胃对母亲的依赖。在对故乡的怀念和对往事的追忆中，羁旅的坎坷、生存的困顿便会得以舒缓和释怀。所以故乡就如同文人心灵与生命的标示一样，为古人指出了一条励志与超脱的路径。他们的思乡，其实就是在以特定的伦理行为解脱于现世，复归故乡寻求的既是心灵的庇佑，也是对失落灵魂的复归和唤醒。

在中国文人的情感系统中，思乡是一个永远言说不尽的主题，那眷眷的乡怀已经成为历经千年却仍然难以驱遣的愁绪。提起故乡，每一个人的内心深处都会升腾起一丝柔软的暖意。故乡，永远都记挂在我们的心底。

思归声引未归心 玉笛横吹，杜鹃啼血

大唐经过了安史之乱以后，国力渐衰，军营里的豪迈之气已经不比从前，思归之情开始蔓延。一次天山大雪过后，三十万将士顶着刺骨的冷风走在荒凉的沙漠里，当天黑下来以后，月光照在雪面上，更是增添了一层冰冷的寒气。忽然，军中吹响了一支横笛，一股悲凉的哀怨之声顿时升起。仿佛亲人的喃喃絮语，抑或梨花带雨般的呜咽，又似游子思亲的阵阵叹息。一种苍凉孤寂的音调，随即触发了征人的思乡之情，引起了这些远行将士的强烈共鸣。这边的笛声刚落下，那边就又吹了起来。凄苦的情绪此

起彼伏，似乎整个边疆都被笼罩在一种忧愁之中，终使积蓄已久的情感如开闸的洪水一泻千里。三十万将士几乎全都望着那轮冰镜似的圆月，而心中想着的应该就是他们"隔千里兮共明月"（谢庄《月赋》）的亲人了吧？荒寒苦怨与望月怀乡，在李益的横笛遍吹中，恒久不散。然而，即便是望穿了月轮清辉，也无法看见亲人那熟悉的脸庞。愁绪却还在不断地沉积、不断地增强，而笛声也就从寒冬吹到了春来：

谁家玉笛暗飞声，散入春风满洛城。
此夜曲中闻折柳，何人不起故园情。

李白《春夜洛城闻笛》

一个春风骀荡的夜晚，万家灯火渐渐熄灭，白天的喧嚣热闹也已平静下来，一阵悦耳的笛声响起，这凄清婉转的曲调随风飞扬，飘飘洒洒，铺天盖地，笼罩着整个洛城。这时，有一个远离家乡的游子还没入睡，他倚窗独立，举头望月，听闻笛声，陷入了沉思。笛子吹奏的不是欢快明朗的《欢乐颂》，而是饱含离愁别绪的《折杨柳》曲。古人离别有折柳送别的习俗，杨柳依依，暗含恋恋难舍的心情。现在，在这样一个春风沉醉的晚上，以这样一个漂泊不定的身份，听这样一支哀怨凄楚的曲子，谁能不起思乡之情呢？夜深人静，

乡情 羁旅途中的深情回望

春风吹拂,笛声飞扬,溢满洛城,一个"飞"字,一个"满"字,更是引发了人们的无限联想,似乎万千游子也耳听笛音,心系乡思,随风飞扬。这是怎样的一种急不可待、归心似箭的情思?

诗人想家可以寻一高处,让长长的呼唤染尽天边的余晖,可有亲人能够透过紫陌阡尘,望见那落霞中斑斓的一瞬?一首《望驿台》,只一句"居人思客客思家",就说尽了世人皆无法拒绝的乡愁:

云物凄清拂曙流,汉家宫阙动高秋。
残星几点雁横塞,长笛一声人倚楼。
紫艳半开篱菊静,红衣落尽渚莲愁。
鲈鱼正美不归去,空戴南冠学楚囚。

赵嘏《长安秋望》

在一个深秋的拂晓,诗人登高而望,眼前凄冷清凉的云雾缓缓飘游,全城的宫观楼阁都在脚下浮动,景象迷蒙而壮阔。晨曦初见,西半天上还留有几点残余的星光,北方空中又飞来一行避寒的秋雁。忽闻一声长笛悠然传来,寻声望去,在那远处高高的楼头,依稀可见有人背倚栏杆吹奏横笛。笛声那样悠扬,那样哀婉,是在喟叹人生如晨星之易逝,还是因见归雁而思乡里、怀远人？吹笛人，你只管抒写自己内心的衷曲，却可曾想到你的笛音竟使闻者黯然神伤吗？竹篱旁边紫艳的菊花，一丛丛似开未开，仪态闲雅静穆；水塘里面的莲花，一朵朵红衣脱落，只留下枯荷败叶，满面愁容。

然而思乡不止，笛声不息，催人落泪的笛声还在不断冲击着我们的耳膜：

一为迁客去长沙，西望长安不见家。
黄鹤楼中吹玉笛，江城五月落梅花。
<small>李白《与史郎中钦听黄鹤楼上吹笛》</small>

诗人一日与史郎中在黄鹤楼上对饮，忽然听到一阵阵"梅花落"的笛声，江城五月，正是初夏的暑热季节，可一听到这凄凉的笛声，顿感一股寒意袭来，就像置身于梅花飘落的冬季一般。

笛声，是一种悲凉凄切、清远悠扬的音乐。在万籁俱寂的黄昏，在暗霜凝聚的深夜，在夕晖余照的古城，在秋风瑟瑟的边塞，常常回响着一支支清旷悠远的笛声，诉说着人生中的迷离风景和风景中深重低沉的呜咽。漂泊颠踬的游子闻笛伤怀，归心似箭；戍守边关的将士闻笛兴感，思家念亲；宦海浮沉的迁客闻笛嗟怨，自伤自悼。凡此种种，真可谓"玉笛横吹，离情万种"。

在古代，由于交通和通信不便，所以加重了戍卒游子的乡思与乡愁，并使之成为中国抒情传统的一大主题。而表现这一主题的意象多种多样，但巧合的是，它们大多都与声音有关，可以是秋声、虫鸣、鸟啼，也可以是琵琶、芦管或竹笛。而王之涣就是借着悠悠的羌笛之音，抒发了自己的万千感慨：

> 黄河远上白云间，一片孤城万仞山。
> 羌笛何须怨杨柳，春风不度玉门关。
> 《凉州词二首》其一

诗人借用羌笛之怨道出了所有戍边将士的心中之怨，在这声声"怨"中，诉说的既是塞外的环境之苦，也有那里的处境之孤。黄河白云的远景反衬着孤城群山的近况，特别是万仞高山，百匝千遭，把边关孤城围堵得严严实实，将士们驻守荒寒，倍感孤危。如此的春风不度和杨柳不青，留给将士们的当然不是万紫千红和鸟语花香，而是天荒地老的满目凄凉。而更重要的是，在这种毫无生机的绝境中，诗人已经心生浩荡皇恩不度边关的绝望之情。玉门关外本就是一片荒寒绝域，王维曾写过"劝君更尽一杯酒，西出阳关无故人"（《送元二使安西》）的诗句，故人尚且不见，更别说皇恩了。几乎可以说，这是一座与世隔绝的孤城，住着一批冷落见弃的将士。他们与孤城高山为伴，与寂寞凄凉为友，长年累月，忍怨负重。这就是他们的生活。然而，诗人又用"何须"二字提醒我们，让人心神一震。边防将士在乡愁难禁时，也能意识到卫国戍边的重大责任。将士们在哀怨之余仍然怀着旷达的胸襟，因而始终能坚守国家的大义。这是戍边将士的志气，也是诗人的情怀。

每当夕阳西沉，沙如雪，月如霜，漫漫的凄凉便铺满了塞外的边城。

爷娘亲眷的音容成了夜半涌动的思潮，一声胡笳，或是一曲琵琶，声声催人泪下。怎一个"不知何处吹芦管，一夜征人尽望乡"（李益《夜上受降城闻笛》）的凄凄怨怨，让离家人成了断肠人，形单影只地独自守望天涯。

李颀说："关城曙色催寒近，御苑砧声向晚多"（《送魏万之京》），所以每当夜幕降临，明月初上，空寂的渡口与捣衣的砧声都会让诗人乡心欲绝，尤其平生不得志的人更是乡思漫漫：

摇落暮天迥，青枫霜叶稀。
孤城向水闭，独鸟背人飞。
渡口月初上，邻家渔未归。
乡心正欲绝，何处捣寒衣？

刘长卿《余干旅舍》

细细品读，真让人能有几分"砧声续断来，孤舟冷落无聊赖"（徐复祚《投梭记·赛魔》）的凄清之感。从诗中能够看到，淡淡的暮色，把画面铺展得异常悠远。再看余干城，城门关闭后已经了无人迹，只有一只鸟儿向远处飞着。渡口上的月亮慢慢升了起来，诗人的邻居出去打鱼还没回来，也只有他一人独处庭院。凡有亲身体会的人都知道，寂寥的时候往往思乡之情也就更切，而偏偏就在这个时候，不知什么地方又传来了一阵捣衣声。诗中的砧声，仿佛正一声声地传出，只在瞬间便穿透了暮色，击碎了人心。顿时，一股"江枫渔火对愁眠"（张继《枫桥夜泊》）的味道，向我们扑面袭来。

横笛在吹，砧声在敲，还有更加让人受不了的哀猿也在嚎叫：

> 故乡杳无际，日暮且孤征。
> 川原迷旧国，道路入边城。
> 野戍荒烟断，深山古木平。
> 如何此时恨，嗷嗷夜猿鸣。
>
> 陈子昂《晚次乐乡县》

"为什么我的眼里常含泪水？因为我对这土地爱得深沉。"（艾青《我爱这土地》）然而故乡却已经越行越远，荒野中走来的路早就无法认清，夜晚的猿声又叫得让人心碎，怎不捶胸顿足地哀叹"人生长恨水长东"（元好问《临江仙》）呢？

除了巧借各种声音表达思乡的心情之外，思乡主题的原型意象还有雁。《诗经》就有描写雁的内容，但那时的雁还没有特定的意义。雁与思乡的关系，是在《汉书·苏武传》里有了"鸿雁传书"的记述后才固定下来的。杜甫《归雁》中的"东来万里客，乱定几年归。肠断江城雁，高高向北飞"，就是将大雁北飞和自己有家难归的处境对比后，营造出的一种归思难耐的诗境。如此一来，夜闻笛奏，春听雁鸣，秋见花落，这些都成为触动游子思乡之情的引子：

> 寒山吹笛唤春归，迁客相看泪满衣。
> 洞庭一夜无穷雁，不待天明尽北飞。
>
> 李益《春夜闻笛》

寒山之上有人吹笛，以笛声呼唤春天的归来，同是背井离乡的诗人听闻这笛声之后，与其他迁客相顾无言，泪湿衣襟。笛声引起了诗人关于人生境遇的畅想，而"同是天涯沦落人"（白居易《琵琶行》）的迁客在笛声中同病相怜，互相对看又无语凝噎，怀归之情跃然纸上。再看头顶的大雁，不待春暖夜过已经列行北飞，而诗人又何尝不想如归雁一样，马上奔回故乡。但大雁是自由的，诗人却是身不由己。大雁北归需要的只是一阵春风，而诗人北归的"春风"不知何时才能到来。人与雁相比却有所不及，难怪王勃也有"人情已厌南中苦，鸿雁那从北地来"（《蜀中九日》）的忧怨了。

暮色初起时，稀稀落落的落叶与飒飒的秋风很容易触动漂泊之人的离情乡思。夕阳西下后，随着暮色渐浓，倦鸟纷纷开始归巢。而此时，无论身处繁华的都市，还是边远荒凉的山野，抑或是湿寒的江河水边，孤寂之情都会无所顾忌地油然生出。所以总有"萧萧梧叶送寒声，江上秋风动客情"（叶绍翁《夜书所见》）的感慨：

> 木落雁南度，北风江上寒。
> 我家襄水曲，遥隔楚云端。
> 乡泪客中尽，孤帆天际看。

> 迷津欲有问，平海夕漫漫。
>
> 孟浩然《早寒江上有怀》

每当树叶飘落"群燕辞归雁南翔"的时候，那"秋风萧瑟天气凉"（曹丕《燕歌行》）的寒意便不失时机地铺满了江面。家在曲曲弯弯的襄水一边，远隔着楚天的迷茫云海。思乡的眼泪已在行旅途中流干，可归去的船帆却还远在看不到尽头的天边。面对无言的渡口，只有一片无边的江水和西斜的残阳。我们大概与诗人一样，心里有的应该也只是那种无语、无声、无助和无奈的感觉了吧。

梧桐秋叶落，大雁东南飞，这似乎已经成为古人思归的一种心理定式。当他们终于有了"晨起动征铎"的机会，即便是季节还不到"槲叶落山路，枳花明驿墙"的时间，他们的心里装着的也仍是一个"凫雁满回塘"（温庭筠《商山早行》）的故乡。然而那种"近乡情更怯，不敢问来人"（宋之问《渡汉江》）的惶恐，让人还是有了"人归落雁后"（薛道衡《人日思归》）的迟疑。

唐德宗建中四年（783）秋，韦应物出任滁州刺史。一天他独坐高斋，在暗夜中听着帘外淅淅沥沥下个不停的秋雨，忽然感到了夜的空寂和秋的凄清。在这种萧瑟凄寂的气氛中，敏感的诗人不由归思难禁：

> 故园眇何处？归思方悠哉。
>
> 淮南秋雨夜，高斋闻雁来。
>
> 韦应物《闻雁》

韦应物家居长安，与滁州相隔两千余里。即使白天登楼远望，也会有云山阻隔、归路迢遥之感。夜黑云沉，长空只是一片迷蒙。正当怀乡之情难以排遣时，一串自远而近的雁鸣不失时机地传来，并穿透了寂寥的秋雨之夜，显得分外凄清，使得因思乡而彻夜不眠的诗人浮想联翩，触绪万端。

文宗时，李涉曾被流放康州，他日暮思乡，愁肠百结：

江城吹角水茫茫，曲引边声怨思长。
惊起暮天沙上雁，海门斜去两三行。
《润州听暮角》

诗人泊舟润州，随船近岸，略作停歇，只是第二天又要登舟启程，奔波远去。不知道从哪里来，也不知道要到哪里去，不知道已漂泊了多久，更不知道还要辗转几时。诗人总是这样昼行夜宿，劳碌奔波。脸上写满了憔悴和倦怠，心中积淀着辛酸和不安。这一次夜泊润州，只是他人生漂泊旅途中的一个驿站。暮霭沉沉，寒风瑟瑟，诗人伫立船头，极目远眺，只见烟波浩渺，绿水悠悠。几声凄厉号角破空而来，激荡在江面，回响在耳畔，敲打着诗人的心坎。诗人凝望着茫茫的江面，沉浸在纷纷扰扰的离愁苦怨之中。这角声，显然是军中的号角，朝暮响起，音调高亢，声情悲凉。或抒发着将士背井离乡的绵绵乡思，或诉说着戍卒餐风饮露的苦寒之怨，或传送着秋风烈马的嘶鸣悲叹，或奏响着胡地风沙漫天的苍凉之声。声声入耳，惊心动魄。诗人虽然不在边关塞外，不在古道战场，但是耳闻凄厉之声，目睹苍茫之景，心中自是翻江倒海。一声号角搅动一腔心事，一江秋水流淌缕缕忧伤，一阵大雁更牵扯着悠悠离殇。

除大雁之外，诗人还常借杜鹃啼归和黄鹂低鸣表达乡愁。如雍陶的"蜀客春城闻蜀鸟，思归声引未归心"（《闻杜鹃二首》其二），柳宗元的"一声梦断楚江曲，满眼故园春意生"（《闻黄鹂》）。而在马致远的《天净沙·秋思》中，"枯藤老树昏鸦，小桥流水人家，古道西风瘦马。……"等一系列典型意象，更让"独在异乡为异客"（王维《九月九忆山东兄弟》）的游子加深了乡愁的悲凄，使人眼中所见已尽是"夕阳西下"的残景颓象，从而烘托了"断肠人在天涯"的愁思。

离家宦游的士子在羁旅途中听到那叫声凄切的鸟啼时，都会不由自主地感慨漂泊与思乡的愁苦。杜鹃又名子规鸟，因鸣声凄厉，动人乡思，所以俗称"断肠鸟"。据说远古时蜀国的国君杜宇死后化为杜鹃，每至暮春时便啼鸣不绝，听起来就像是"不如归去"的叫声，凄厉至极，并且会一直叫到血流而死，然后血溅在花上，使花色变为鲜红，成为杜鹃花。正是由于这样的传说，古代诗人往往借用杜鹃鸟的啼声暗示自己的思归情，如文天祥的"从今别却江南路，化作啼鹃带血归"（《金陵驿二首》其一）和秦观的"可堪孤馆闭春寒，杜鹃声里斜阳暮"（《踏莎行》）。当然，白居易也写过"杜鹃啼血猿哀鸣"（《琵琶行》）的句子，而把"杜鹃啼血点点红"那种思亲之痛，写得让人泪不自禁的还是李白：

蜀国曾闻子规鸟，宣城还见杜鹃花。

> 一叫一回肠一断，三春三月忆三巴。
> 《宣城见杜鹃花》

李白说，他曾在蜀国听到过子规鸟的叫声，在宣城又见到了杜鹃花。杜鹃鸟每叫一声，人的泪就会流一次，每次都叫得人伤心欲绝。在明媚的三月春光里，却让人不时想念着三巴。在春光里闻子规的，还有沈佺期，他在《夜宿七盘岭》中写的"芳春平仲绿，清夜子规啼"，也一样诉尽了春夜里独在异乡的惆怅。

人生是一个漂泊的过程，思乡是一道感伤的风景。对于游子而言，不论走到天涯海角，故乡的记忆都会追随着他一起远行。无论经历多少沧桑，存储在意识硬盘里的亲人影像也没有褪淡的可能。正如王粲在他的《登楼赋》中说的"虽信美而非吾土兮，曾何足以少留"那样，客居之地的雁鸣笛音、花开花落，都已不再是诱人的景致，而成了引起离愁的"元凶"。从某种意义上来说，游子带着乡愁上路，带着故乡漂泊，所以直到回家后，这副情感的重负才可以放下，离人的内心也才能最终有所安妥。

少小离家老大回

叶落归根,倦鸟归林

故乡的雨,听去总有一点凄凉,如同游子们"湿淋淋的灵魂"(余光中《听听那冷雨》)。

乡愁是一树没有年轮的青藤,从游子们离家的时候开始,故乡的青藤就牵拉着他们的脚步,无时无刻不在提醒着游子回家的时间。如萨克斯管吹奏的《回家》一样,从始至终都是"回家""回家""回家"的旋律。

有一首歌唱道:"树高千尺也忘不了根。"的确,故乡在人们的心底就像一棵老树。年轻时人们渴望从老树上飞出去,探索外面的天空、五彩的世界。

可是，及至年老，才知道对故乡的眷恋是每个人都逃脱不了的宿命，就像叶子对根的情意。因此，对家园的眷恋与回归，也就成了古代文人不断吟咏的一个主题。

远离家乡的游子们只要踏上回家的归程，都会如"柴门闻犬吠，风雪夜归人"（刘长卿《逢雪宿芙蓉山主人》）所描绘的那般风雨兼程。司马相如说："梁园虽好，不是久恋之家也。"意为他乡虽好，但终究不是自己的家，所以不可能对它有"情定终身"的牵挂。尤其是清人崔岱齐写的"鸟近黄昏皆绕树，人当岁暮定思乡"（《岁暮送戴衣闻还苕溪》），更是让家有了如树根一样的吸附力。

有的人很幸运，漂泊多年以后还能得偿所愿重回故里，实现叶落归根的夙愿。然而还有一些人却只能空怀一腔思乡的衷情，由于个人生活或者社会动荡等原因，身不由己，直到辞别人世也没能再回到故乡。尽管回家的路遥遥无期，但是只要有哪怕是一丝回去的希望，他们都会喜不自禁，泪洒衣襟：

剑外忽传收蓟北，初闻涕泪满衣裳。
却看妻子愁何在，漫卷诗书喜欲狂。
白日放歌须纵酒，青春作伴好还乡。
即从巴峡穿巫峡，便下襄阳向洛阳。

杜甫《闻官军收河南河北》

唐代宗广德元年（763）春天，杜甫五十二岁，当时正流落在四川。他忽

乡情　羁旅途中的深情回望

［宋］佚名《蕉荫击球图》

然听到官军平定了安史之乱的消息，欣喜若狂，恨不得马上回到自己的家乡。诗人多年漂泊"剑外"，备尝艰辛，想回故乡而不能成行，就是由于"蓟北"未收，安史之乱未平。如今叛乱已除，邮路打通，喜讯如洪流，一下冲开了郁积已久的情感闸门，令诗人心潮澎湃。颠沛流离的日子不堪回首，生活无着的窘况已经过去，真是历尽劫波人还在，总算熬到了云开日出的时候。然而痛定思痛，诗人回想起八年来经受过的重重苦难，又不禁悲从中来，无法抑制。可是，这场浩劫终于像噩梦一般过去了，诗人可以返回故乡了，人们都将开始新的生活，于是又转悲为欢，喜不自胜。当他悲喜交集的时候，想到了多年来共度时艰的妻子儿女，似乎想对他们说些什么，但又不知从何说起。其实，已经无须再说，多年笼罩在家人心头的愁云已经消散。此时的杜甫，再也无心伏案了，随手快速收拾起自己的诗稿，"手舞足蹈方无已，万年千岁奉薰琴"（李迥秀《奉和幸安乐公主山庄应制》）地载歌载舞起来。春天已经来临，一家人便随着鸟语花香一起回家。诗人刚还身在梓州，而弹指之间，心已疾速飞驰，纵跃千里，从巴峡与巫峡之间穿过，再顺流急驶出，下到襄阳，又从襄阳换陆路回到了阔别已久的洛阳。

神龙元年（705）正月，宋之问被贬往泷州（今广东罗定），往往"天不遂人愿"总是会与"时不与我在"联袂出场。人生难逃三重门，自欺欺人被人欺。有道是落架的凤凰不如鸡，被人排挤、鄙视、愚弄的日子，让他处处都不顺心，于是便在第二年的春天偷偷地跑回家去了。因为他是偷跑，所以路上一直都惶恐不安，忐忑中写下了一首《渡汉江》：

岭外音书断，经冬复历春。
近乡情更怯，不敢问来人。

诗中说，诗人离家到了五岭之外，好不容易挨过了一个冬天，终于又要到春天了。因为交通不便，已经很长时间没有家人的消息了。现在他渡过汉江正在赶往回家的路上，但不知为何离家越近，心里就越是忧虑，连路上遇到了家乡的人，也不敢打问家里的情况。

一个离家已逾半年的人，能踏上归途，自当心情欢悦，而且这种欣喜之情，也会随着家乡的越来越近而愈加强烈，但却不敢打问。他一路上都在想，不知自己流放后家人有没有受到牵连，而如今他们又过得怎么样呢。这种"近乡情更怯"的心情尽管反常，却合乎常理，令人回味有余，也一样能引起天下游子的强烈共鸣。不合常态的还有杜甫，他在战乱中与亲人离散时，同样音信不通，也写过"反畏消息来，寸心亦何有"（《述怀》）的句子。尽管造成他俩音书断绝的原因不同，但矛盾凄苦的心情却都一样。当然这种独特

乡情　羁旅途中的深情回望

〔明〕周臣　《柴门送客图》

的生活体验,不会人人都有。但这种特殊微妙的心理状态,却是大家都能理解,并能被触动的。

宋之问虽然逃了回来,但终因情"怯"而不敢进家门,躲到了老朋友张仲之那里。后来他偷听到了张仲之与人商量准备谋杀武三思,为了戴罪立功他向朝廷告了密,把收留他的老朋友送上了断头台,换得自己复得宠幸,并投靠了当时握有重权的太平公主。睿宗继位后,因他毫无悛悟之心,被再次流放。至唐玄宗李隆基即位,终被赐死于徙所,结束了他最后的人生旅程。

相比之下,贺知章的回乡要风光荣耀得多,因为他为人胸怀坦荡,做事光明磊落。况且长期在朝廷担任官职,深受唐玄宗的恩宠。天宝三载(744),八十六岁的贺知章得了一场病。在梦里,他到了天帝的居所。醒来之后,他便上表玄宗,请求辞官回乡。因确实年事已高,唐玄宗就答应了他的请求,并为他修建了一所道观,起名"千秋观",以祝他长寿千年。贺知章离开京城的时候,唐玄宗在城外带领百官为他设帐送行。回到家乡以后,他无官一身轻,写下了脍炙人口的《回乡偶书》二首:

其一

少小离家老大回,乡音无改鬓毛衰。
儿童相见不相识,笑问客从何处来。

其二

离别家乡岁月多,近来人事半消磨。

唯有门前镜湖水，春风不改旧时波。

树高千丈，叶落归根。在古代，无论你官至几品，最终都要告老还乡，优游林下。贺知章中年离家，八十六岁的时候荣归故里。虽然岁月不饶人，自己也已垂垂老矣，但内心却和垂髫少年一样。走近故乡的时候心情颇不平静，家乡的风物依旧，镜湖的水仍然这样清澈。离家时，自己正当盛年，很有一股经国济世的英风豪气，但转眼之间，已经几十个年头过去了。

贺知章以八十六岁高龄在自己的老屋辞世，这个年龄在唐代诗人中是很少见的，这可能与他的率性真实、淡定从容有关，也可能与他抛弃了名缰利锁、人世纷争，以最清亮的眼光看世界有关吧。

贺知章叶落归根的乡情以一种深挚而又厚重的沧桑感感染着我们，使人感到一种"孤客飘飘岁载华"（卢纶《寒食》）的人生无奈，当然，其中也涵容着"那堪玄鬓影，来对白头吟"（骆宾王《在狱咏蝉》）的那种自伤老大、夕照将落之情。

安史之乱中，诗人卢纶的家乡河中蒲州（今山西永济），正是战火纷飞。至德二载（757）旧历正月，安禄山在洛阳被其次子安庆绪所杀。同年九月，唐将郭子仪等攻克长安，十月收复洛阳，战局出现转机。在这样的情况下，诗人想回山西老家看看，他在乱世年景下回去探望亲人，同时也带着担忧与希望。他对安史之乱给国家、百姓和自己这个满腹经纶的读书人带来的切肤之痛憎恨不已，他也曾经在南下的流离途中说过："旧业已随征战尽，更堪江上鼓鼙声"（《晚次鄂州》），意思是说，战事一起，田园家计、事业功名全付东流。战事还有向长江一带继续恶化的态势，前途不堪设想，所以感叹战乱给自己带来的一事无成的结局。现在要重返家乡，既为眼前王师战胜叛军而高兴，又怕叛军卷土重来，更担忧家人无辜遭难，又有点没有什么功名，无颜面对江东父老的感觉，于是心情五味杂陈，难以言说。唯一可以得到安慰的是自己能够平安回去，但一路走来看到田园荒芜，道路不宁，颇有"白骨露于野，千里无鸡鸣"（曹操《蒿里行》）的景象，诗人在一座古城停下，不禁心生悲切。想到这场战乱给不计其数的无辜百姓带来了深重的苦难，这座历史悠久的古城在遭受兵燹之后已变得如此荒凉，城里新立了好多墓碑，不知有多少人在灾难中已经丧生。月明之夜，诗人久经离乱，提心吊胆，一直睡不安稳，于是起身从古城远望，凝视着远处绕着寒山的一条崎岖小径，不由自主地想到：明天一早，他就得沿着这条小径独自远去。忽然，月色中传来一阵凄清的雁鸣，那鸣叫声充满着惊恐之情，诗人心中一动，这孤雁的叫声真像自己漂泊不定的行踪。经过离乱，自己虽已形如枯槁，但却得到了重返家园的机会，毕竟值得庆幸。但想到自己一事无成，名微身贱，听到别人向自己打听姓名，终觉羞于启齿。今日有幸与主人（李侗）一块儿喝酒，也是对我这个备尝家国变故之苦的儒生的一点怜悯之情吧：

乱离无处不伤情，况复看碑对古城。
路绕寒山人独去，月临秋水雁空惊。
颜衰重喜归乡国，身贱多惭问姓名。
今日主人还共醉，应怜世故一儒生。

卢纶《至德中途中书事却寄李僩》

晚唐的陈陶与卢纶的情况不同，但却有着相似的感慨：

> 十年蓬转金陵道，长哭青云身不早。
> 故乡逢尽白头人，青江颜色何曾老。
>
> 陈陶《江上逢故人》

诗人在外面宦游几十载，只在南京一带转来转去，不断被调职，如蓬草一样飘飞就有十来年，有时候也嘲笑自己，都什么年纪了，想青云直上简直是做梦，最终得以告老还乡。走近家乡，遇到当年好友，彼此都已白发苍苍，难寻青春旧容。只有那清澈的江水，依旧滚滚东流，没有丝毫改变。

在充满人文精神的伦理型文化系统中，思乡主题首先被罩上了"忠孝"的光环。有如不能忘恩背主，且不能忘故背亲。"于礼有不孝者三事"，其中第二项便是"家穷亲老，不为禄仕"（赵岐注《孟子·离娄上》）。而一般来说，若要禄仕，首要条件便需离乡远求。由于"人之行莫大于孝"（《孝经》），实现孝行—离乡求仕—思乡念故—尽孝于亲这一过程，使得价值的终极目的反馈于价值追求本身，完成了寻求慰藉解脱心理的自我调节过程。

宋代的诗人石悫离家的时候，春天里有漫天的柳絮飞舞，他触景生情，感觉自己比那随风轻扬的杨花更加飘忽不定，因而写出了"我比杨花更飘荡，杨花只是一春忙"（《绝句》）的诗句。他在诗中感叹，杨花的飘飞离散，仅仅只在一个春天里，而他却一年四季都在漂泊，充满了"客行悲故乡"（温庭筠《商山早行》）的忧怨。

"春去春来苦自驰"（骆宾王《帝京篇》），"草长莺飞二月天"（高鼎《村居》），游走在异乡，虽然季节也是"一岁一枯荣"（白居易《赋得古原草送别》）的交替，但却也有"年年岁岁花相似"的不变，只是漂泊中那种"岁岁年年人不同"（刘希夷《白头吟》）的不确定状态，让一向乐于安居的古人，难免会生出许多无着无落的空寂之感，所以一旦到了"春风又绿江南岸"的季节，便也就有了"明月何时照我还"（王安石《泊船瓜洲》）的急切：

> 昨日草枯今日青，羁人又动望乡情。
> 夜来有梦登归路，不到桐庐已及明。
> 方干《思江南》

看到冬天的枯草又开始绿了，羁留在远方的游子思念故乡的情感便也开始萌发，于是在睡梦里踏上了回家的归程。虽然"梦里不知身是客"，但是总会有黄粱一去的梦醒时分，而那时又将是"一晌贪欢"（李煜《浪淘沙·帘外雨潺潺》）的更大沮丧。

蔓草繁花或是故里最多的牵挂，因此总会有"思发在花前"（薛道衡《人日思归》）的心情，而落花却必定会成为异乡时常弥漫的伤感：

> 客心千里倦，春事一朝归。
> 还伤北园里，重见落花飞。
> 王勃《羁春》

韦庄曾说："未老莫还乡，还乡须断肠。"（《菩萨蛮》）可见，乡愁是一壶浓浓的烈酒，总能引发诗人浓浓的悲情。他们临风高歌，希望能够在故乡熟悉的山水中倾诉衷肠，甚至希望自己能像落叶一样静静地掉下来，落在生发了它的树旁边。

人人都热爱自己的家乡，因为眷恋故土是血液中基因的内在牵连。当中国人有了别离的思念后，在生命干枯前的黄昏，无论如何都要飘落回那个曾经生发了自己的地方，而这也已成为我们千百年来一直都怀有的临终夙愿。虽然少小离家历经了世事的变迁，但始终乡音未改，归心不变。游子的头顶总是飘着一抹故乡的云，而故乡的云也在召唤着那浪迹天涯的游子。虽然有疲惫，但是天边的云总会给你托起无边的希望，因为故乡的云里，流动着的永远都是故乡的体温。

叶落秋风起，"山山黄叶飞"，飒飒阴雨中，"万里念将归"。（王勃《山中》）此时此刻，多少羁旅怀乡的心情在涌动，而游子的生活，本身就是一段又一段难以走完的行程。在某一个寄居小城的夜半，谁又不会泛起静夜的思乡之情，期盼着能在"春风一夜吹乡梦"（武元衡《春兴》）中，回到阔别的家呢？

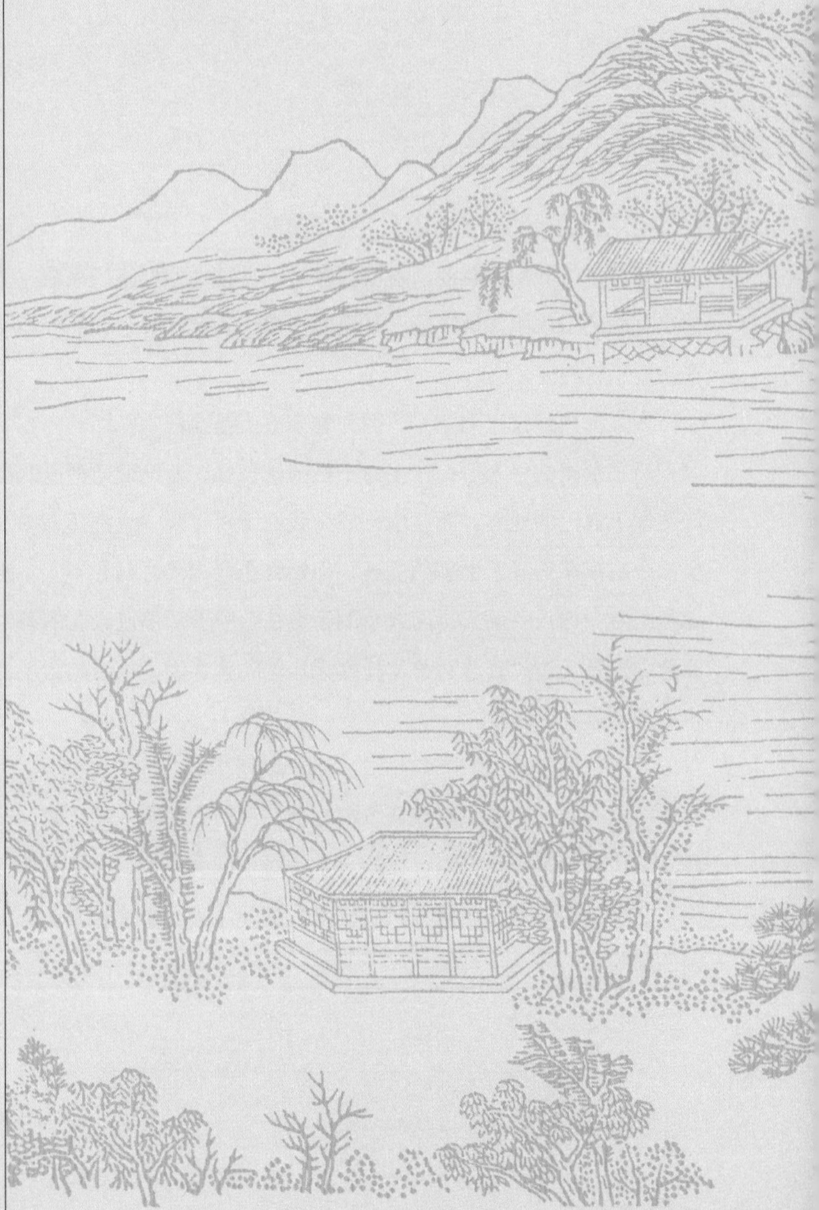

别情 宦游路上的时代悲歌

作者独具匠心地在浩瀚如烟的诗歌海洋里尽情游弋。在他精心细致的串联下,如珠如贝的诗句更加生动艳丽,一幅幅古时友人宦游途中分离之时的情景在我们面前交错出现。他们时而落寞悲伤,时而慷慨豪迈,时而饮且行且舞且放歌,时而默默分手相互安慰,再以不求闻达只为修身自勉。还有那些晚唐诗人在社稷危亡的背景下分手时所表现出的悲怆无助,以及分手之后的深情思念,都真切满怀。那些诸如「站在离别的渡口,让我们挥手而去,开启一程天涯间的浪迹」「歌声如酒令,一曲喝一杯;泪珠如音符,一滴一婉转」等如歌如泣的倾诉随处可见,同时遍布着对历史掌故如「诗中有画,画中有诗」般的深情追忆。

多情自古伤别离

说出你的落寞和相思

相见是一个开始，而离去是为了下一次更好地相逢。这是一个流行分手的世界，只是我们并不擅长告别：

> 山一程，水一程，身向榆关那畔行，夜深千帐灯。风一更，雪一更，聒碎乡心梦不成，故园无此声。
>
> ——纳兰性德《长相思》

纳兰性德的这首《长相思》虽说描绘的是军旅生活，但主要说的是思乡。词里传递出的跋山涉水往复动态的忙碌过程，也生动地道出了一个心怀家国的男人大多都会经历的人生旅程。相思源于离别，而离别又是宦游人的常态。当聚少离多的时候，也就难免会涌起内心的诸多思念。正是因为有了那种"离别苦多相见少"（刘禹锡《洛中送韩七中丞之吴兴口号五首》其二）的百般无奈，离别才成了人生经历中令人百转千回的伤痛之事。今天的我们虽说在飞速发展的科技支持下，通过现代化的交流方式，缩短了世界间隔的距离，让来来往往的路已经不再像从前那么崎岖多艰，即便是暂时的他乡远游，也仍然有电话、短信、微信等方式保证及时联系，但离别之时的伤感仍然让人难舍难分，就像歌里唱的那样，因为"思念总在分手后开始"。而在交通和通信都很落后的古代，生离有时就如同于死别，那种"曾经沧海难为水"的情感，那种"除却巫山不是云"（元稹《离思五首》其四）的念恋，更让离人平添了一腔刻骨铭心之痛，于是就有了"悲莫悲兮生别离"（屈原《九歌·少司命》）和"黯然销魂者，唯别而已矣"（江淹《别赋》），还有"点点是离人泪"（苏轼《水龙吟·次韵章质夫杨花词》）与"今宵别梦寒"（李叔同《送别》）的唱叹。

在盛世大唐，文人、士大夫阶层盛行漫游风，他们在羁旅途中，纵情山海，遨游江河，既增长了见识，也广交了朋友。在这样一种说走就走的旅行中，诗人们之间的聚散离合自然平常而多见，就像南宋严羽在《沧浪诗话》里说的那样："唐人好诗，多是征戍、行旅、迁谪、离别之作，往往能感动激发人意。"于是他们在"秋思冬愁春怅望，大都不称意时多"（白居易《急乐世辞》）的季节，在"日暮客愁新"（孟浩然《宿建德江》）的黄昏，在"想得故园今夜月，几人相忆在江楼"（罗邺《雁二首》其一）的傍晚，在"南浦凄凄别，西风袅袅秋"（白居易《南浦别》）的伤别之地，在"无限居人送独醒，可怜寂寞到长亭"（柳宗元《离觞不醉至驿却寄相送诸公》）的行旅途中，或高歌"莫愁前路无知己，天下谁人不识君"（高适《别董大》），或低吟"忆君遥在潇湘月，愁听清猿梦里长"（王昌龄《送魏二》），或长叹"垂柳万条丝，春来织别离"（戴叔伦《堤上柳》），或浅唱"相逢且莫推辞醉，听唱阳关第四声"（白居易《对酒五首》其四）。他们用尽所有最诗意化的方式，把那种"正当今夕断肠处，骊歌愁绝不忍听"（李白《灞陵行送别》）的情感，挥洒成了一幕幕诗情酒意的画面。

人言"文以载道，歌以咏志，诗以传情"，而亲人与好友之间的深情厚谊又最易由别离催生出诸多的思念与落寞，所以离情自然也就成了一代代文人吟诵的主要内容之一。

尤其思念，更是文人情怀的一种寄托，如"相思相见知何日，此时此夜难为情"（李白《三五七言》），"相思一夜情多少，地角天涯未是长"（张仲素《燕子楼三首》其一），"鱼沉雁杳天涯路，始信人间别离苦"（戴叔伦《相思曲》），还有"天涯地角有穷时，只有相思无尽处"（晏殊《玉楼春·春恨》），"多情只有春庭月，犹为离人照落花"（张泌《寄人》），等等。

宋人柳永在《八声甘州》中，以一句"争知我，倚栏杆处，正恁凝愁"，将那种思归之苦和怀人之情写得一唱三叹，让人感怀至深。而他的《雨霖铃》又更是写尽了秋的凄楚，诉尽了别的苦怨。因悲秋而吟，由离恨而生，悲秋、寒夜、冷雨、残月，情景交融，凄凄婉婉，离愁别绪，催人泪下。这种情真意切的表达，淋漓尽致的倾诉，不知赚取了多少人的眼泪，占据了多少

别情　宦游路上的时代悲歌

人的心扉：

> 寒蝉凄切，对长亭晚，骤雨初歇。都门帐饮无绪，留恋处，兰舟催发。执手相看泪眼，竟无语凝噎。念去去千里烟波，暮霭沉沉楚天阔。　多情自古伤离别，更那堪冷落清秋节。今宵酒醒何处？杨柳岸晓风残月。此去经年，应是良辰好景虚设。便纵有千种风情，更与何人说。
>
> 　　柳永《雨霖铃》

离别之伤，绝非是一种滥情；离别之文，也绝非是在附庸风雅。都说人的命天注定，是否也就预示了只能听天由命？当我们遇到诸多不可思议的事情和无法解决的问题的时候，一种宿命的念头或许是对自己最好的安慰和解脱，然而这种"无可奈何花落去"的百般无奈，又怎不让人一边"任命"一边叹息呢？不能避免现实中的离别，就将彼此珍藏在文字中吧。也许，在某一个寂寥的黄昏，当你吟咏着"夕阳西下几时回"（晏殊《浣溪沙》）的时候，一幅独立窗前、怅惘沉思而把彼此怀忆的画面，就会在远方的暮色中徐徐展开。

那一刻，或许你会不觉想起 "执手相看泪眼，竟无语凝噎"（柳永《雨霖铃》）的苦涩与无奈，或许会想起"若见了那异乡花草，再休似此处栖迟"（王实甫《西厢记·长亭送别·二煞》）的语重心长，而除了那些关于离别和相逢的种种诗句外，在夜色悄然钻入你心绪时，还能有什么呢？我们又能期待什么呢？几个字、几句话，尽管简单，但已接近完美；尽管字面波澜不惊，朴素如水，却又有水银泻地般的酣畅。当有人把自己的心事，借着离别的气

〔明〕陶成《云中送别图》（局部）

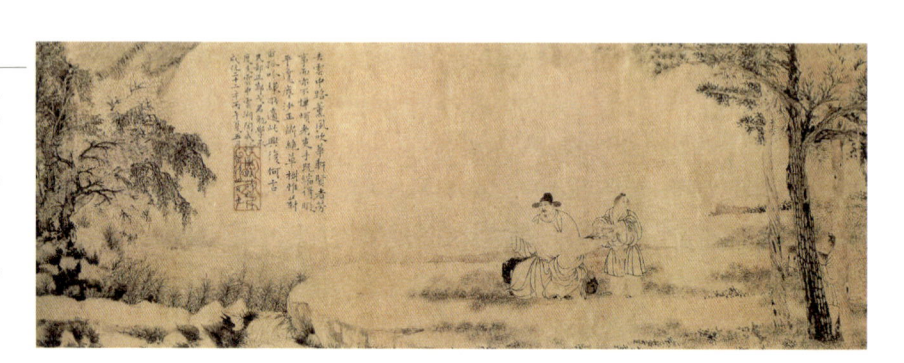

氛和热辣的烈酒，用平仄不惊的音调，不紧不慢地传递出来的时候，总是会有一种流动的情感，穿透过一个个读者的心扉，而让我们也一同融进那个牵肠挂肚的时刻：

> 心心复心心，结爱务在深。
> 一度欲离别，千回结衣襟。
> 孟郊《结爱》

往日的荣华已经消逝在历史的年轮中，我们还未来得及与往事干杯，就已经要重新远行，离别已是此时此刻唯一的主题。那水边原本悠扬清越的箫声，又奏出了抽丝般的节奏，将一颗颗欲走还留、欲诉还休的心，直接揪得支离破碎。

"李白乘舟将欲行,忽闻岸上踏歌声。"(李白《赠汪伦》)当分手的骊歌已经唱响,多少朋友一旦告别或许就再难相见,多少值得珍惜的记忆,将会渐渐化作纸笺里的墨痕,而留在绵绵无期的岁月里。站在离别的渡口,让我们挥手而去,开启一程天涯间的浪迹。江湖漫漫,从此将天各一方。分别时,只需来一次紧紧地相握。所有的不舍与嘱托都将在臂膀之间相互传递。无须献花,亦无须折柳相赠,刚刚喝过的酒,已然酿成了新的诗篇。

时间的纤手会伸进每一个空隙,变换着世事。离别时,挥手道声珍重,此生便又重归陌路。不是彼此太过无情,而是相遇得太过匆忙,记忆敌不过流水,情缘赛不过时间。世间所有因时光而生成的故事,最后都化作了诗人的情思,写入"一晌贪欢"(李煜《浪淘沙·帘外雨潺潺》)的梦里。

离别梦是一种痛,离别梦也是一种恨。而有时,这个梦又是一种珍藏或解脱,一种重新的放飞。无论是因了"同是宦游人"(王勃《送杜少府之任蜀州》)的无奈,还是为奔命而离乡背井的挣扎。但在唐朝的诗作中,更多的离恨源自盛世遭遇了战火侵扰的痛惜。同时,经铁蹄践踏了的大唐,那种映现在明媚春光里"草色遥看近却无"(韩愈《早春呈水部张十八员外》)的生机与活力,已经逐渐消散,就如同一个泄了元气的病人一般,不再那么沉静和从容。而正是这满目疮痍的大地,让诗人的诗风浸染上了一层厚厚的晚唐色调——浓浓的落寞:

江汉曾为客,相逢每醉还。
浮云一别后,流水十年间。

> 欢笑情如旧，萧疏鬓已斑。
> 何因不归去？淮上有秋山。
> 韦应物《淮上喜会梁州故人》

一回首，分别已十年。然而经历了"已是十年踪迹十年心"（纳兰性德《虞美人》）的人事变迁，人虽还如旧，物却已非昨。仿佛还是当年，但是昨天却已非常遥远。藏在记忆中的那个人还是明眸皓齿、柳眉朱唇，奈何时光匆匆，还未来得及呼朋引伴常相聚，推杯换盏话古今，就已经时过境迁，如"残阳满坏台"一般，而"青春不再来"（林宽《少年行》）了。触目伤怀中不得不让人想起《牡丹亭》里《惊梦》的片段：

> 原来姹紫嫣红开遍，似这般都付与断井颓垣，良辰美景奈何天，赏心乐事谁家院。朝飞暮卷，云霞翠轩，雨丝风片，烟波画船，锦屏人忒看的这韶光贱。

眉眼还是那双眉眼，只是眼神已不再灵动。略发浑浊的眼眸，是岁月的杰作。雕刻于面容之上的，是时光的纹理。一日复一日，更何况岁岁年年。对于去日苦多的感叹，即便是诗圣也一样会触目伤怀："明日隔山岳，世事两茫茫。"（杜甫《赠卫八处士》）

是怎样的两茫茫，让诗人和世事都这般断了水，又隔了山。诗人的血与泪、爱与恨都在这似水的流年里悄然流淌，默默沉积，最终又都化为那种"相见时难别亦难"（李商隐《无题》）的体验：

> 十年离乱后，长大一相逢。
> 问姓惊初见，称名忆旧容。
> 别来沧海事，语罢暮天钟。
> 明日巴陵道，秋山又几重。
>
> 李益《喜见外弟又言别》

十年的时间，唐朝由太平盛世转入动荡战乱。那个曾经"迟日江山丽，春风花草香"（杜甫《绝句二首》其一）的大唐，如今已是"明日黄花蝶也愁"（苏轼《南乡子·重九涵辉楼呈徐君猷》）的残败破落，物非人也非了。而这一切，就像晏殊《采桑子》中说的"时光只解催人老"那样，让人不由得生出些许"不信多情，长恨离亭"的感叹。

在世事的变迁中，诗人让我们体会到了时间的沉重，而又有多少沉甸甸的往事正在不断地填装着历史的硬盘，无情的岁月，重叠了我们一个又一个十年的轮转交替，正所谓"流光容易把人抛，红了樱桃，绿了芭蕉"（蒋捷《一剪梅·舟过吴江》）。

人还有一种重要的感受就是归属感。而归属感源于一种与生俱来的社会化属性的需要，它不仅能让我们获得安全的依偎，也能使我们拥有一份内心的安宁，还有实现自我价值的快乐。所以，家既是出发的起点，又是征程的终点。如果失去了这份期盼与守候，世间的奋斗都将变得毫无意义。然而，战争的铁蹄踏破了原本宁静的那池春水，破坏了"采菊东篱下，悠然见南山"（陶渊明《饮酒》其五）的乐园。于是，我们不得不"弃绝父母恩，吞声行负戈"（杜甫《前出塞九首》其一）地去奔赴保家卫国的战场。而"长安一片月，万户捣衣声"的那些牵挂，又总是会躲在秋夜的萧瑟中，变得愈来愈强。那种"何日平胡虏，良人罢远征"（李白《子夜吴歌·秋歌》）的呼声，随着一声声木杵的敲击，惊醒了京城的夜梦，也敲碎了边塞的关城。

　　战争给百姓带来的灾难是巨大的，其中的死伤不知会让多少个"中庭地白树栖鸦，冷露无声湿桂花"（王建《十五夜望月寄杜郎中》）和"凫雁满回塘"（温庭筠《商山早行》）的家妻离子散。作为亲历者，诗人目睹了一个时代由盛而衰的转折过程，内心的恐惧、激愤、无奈和感慨，必然会成为他笔下为那个撕心裂肺的时刻做见证的诗篇。

　　战车轰隆隆地碾压过大地，随行的战马发出了尖利而又凄绝的嘶鸣，将士们就要整装出发了。然而他们的脸上却多是惊恐、绝望和无助的表情，家人也难舍难离地"牵衣顿足拦道哭，哭声直上干云霄"。

　　战争究竟是什么？在诗人的眼里，战争就是"君不见青海头，古来白骨无人收"的惨烈场景。对于普通百姓来讲，战争又意味着什么呢？诗人说："新鬼烦冤旧鬼哭，天阴雨湿声啾啾。"（杜甫《兵车行》）它的残酷和无情，伤害最多、最大的还是生活在社会底层的布衣平民。妻离子散、家破人亡、颠沛流离，哪里还有什么生活可过，哪里还有什么幸福和快乐可言。"宁为太平犬，莫作离乱人"（施惠《幽闺记》）又岂止是后来人才有的心得：

> 泽国江山入战图，生民何计乐樵苏。
> 凭君莫话封侯事，一将功成万骨枯。
>
> 曹松《己亥岁二首》其一

好一个"一将功成万骨枯"啊！安史之乱揭开了唐朝动荡的序幕，至此战乱频起，战火自北向南、自东向西开始在全国范围内蔓延开来。挣扎在死亡线上的人们，连打柴割草都成了一种奢望，至于立功受奖、拜将封侯的机遇，只是个别人的幸运，而且他们的功绩，也是那些士兵用前仆后继的血肉之躯堆积而成的。虽然诗人也有过"苟能制侵陵，岂在多杀伤"（杜甫《前出塞九首》其六）的呼喊，但军旗上的血色却只会越涂越浓。

恍惚中，眼前还是一片"车辚辚，马萧萧，行人弓箭各在腰"的旌旗翻飞。耳畔，仍有一串"耶娘妻子走相送，尘埃不见咸阳桥"（杜甫《兵车行》）的悲切之声。战争，就是送行；送行，意味着诀别。几行诗，一幅画，不讲喊杀震天，却已包含了所有的热血激情。如今，诗中的咸阳桥在经年累月的河水冲蚀下早已没入了时间的洪流，但是咸阳古渡的残址还是顽强存留了下来。千年的伤别为古渡的河岸构筑了一条满腹离怨的堤坝，让曾经的送行人无不柔肠百结，"空对江天凝咽"（柳永《应天长》）。想那送行的场景，在一个微雨不住的清晨，泪眼相对，举杯相送。但是，他们手捧的都是穿肠的酒，斟满的也是一种浓浓的牵挂，而融进酒里的，都是诉说不尽的惜别之情。淅沥的雨，更是一种穿心的雨，它既打湿了行人所有的心念，也把一早的轻寒涤荡成了离人不舍的眼泪。泪如雨落，雨似泪流，泪雨融合酿成了钻心的

诗词里的至情人生

〔明〕王行《昭君出塞图》

辣酒，浇透了解不开的愁，也淋醉了忘不了的长安、忘不了的亲人和好友。诀别给一条条的戍边古道铺砌了一层厚厚的伤感。当我们也遇到了那种冷雨滴落的类似清晨时，也会不由自主地涌起一丝"西出阳关"的感伤。

花开花落，云卷云舒，多少生离死别都已流淌成了如渭水一样的河，浩浩荡荡，溢满春江。岸边也都是那层层的绿柳柔枝，摇曳着阵阵无语的凝咽，牵绊着诗人欲行的脚步。东逝的流水淌过了历史的沧桑，把曾经的歌唱永远留在了古人出行的路上。

唐诗中的相思与落寞，出自诗人的离情别绪，出自远行人的背井离乡，出自家国的破碎，也出自离乱的悲苦与坎坷。一首首别离诗，都藏着一把行人泪，而其中也一定会有一段相思苦。

难酬蹈海亦英雄　不惧生死别离的慷慨与豪迈

虽说大多时候别离都被涂抹着一层感伤的色彩，弥漫着一股悲剧的气氛，但也不是所有诗人在别离的时候都会一味地做哀婉语和愁苦态。正如在乌云布满天空时，偶尔也能看到一抹透过云隙的阳光。前者的哀婉与愁苦，显示了对生命中的缺憾表现出来的被动式消极喟叹，而后者的刚健与昂扬，则表现了对生命中缺憾的主动式积极挑战。那是一种明知如此，却不甘如此的挑战。

盛唐时期，经济繁荣发达，政治环境相对宽松，这些优越的社会环境，使诗人们自信乐观，求取功名的心意也相对强烈，如李白的"丈夫赌命报天子，当斩胡头衣锦回"（《送外甥郑灌从军三首》其一），还有高适的"逢时当自取，看尔欲先鞭"（《别韦兵曹》），岑参也说过"功名只向马上取，真是英雄一丈夫"（《送李副使赴碛西官军》）。那时诗人们的离别多是因仕途宦游的差遣，这样的离别并不是国破家亡时的生离死别，也不是躲避屠戮的仓皇逃命，而是他们迈向更高阶层的又一次出发，所以离别时所表露出来的情感更多的是一种对朋友的祝福和羡慕，而诗人内心对前途也充满了乐观自信，甚至还有很强烈的抱负感。当然，更有一种求取功名、渴求建功立业的热切期待。即便有时受到了不公正的待遇，他们也能正确面对，乐观接受，仍然保持着那种昂扬向上的人生追求。

骆宾王曾因于唐高宗仪凤三年（678）多次直言上谏而被诬陷下狱，直至第二年逢改元大赦方才出狱。这一年冬天，他奔赴幽燕一带，厕身于军幕之中，决心报效国家。诗人在送别友人之际，发思古之幽情，表达了对古代英雄的无限仰慕，从而寄托了对现实的深刻感慨，同时也倾吐了自己满腔热血无处可洒的极大苦闷。荆轲其人虽然早就不复存在了，可这位燕赵义士侠肝义胆、视死如归的英雄气概还在，作为历史见证的易水河还在。诗人面对易水寒波，仿佛古代英雄吟唱的悲壮激越的骊歌还萦绕在耳边，那种"慷慨倚长剑，高歌一送君"（王维《送张判官赴河西》）的壮别场景如在眼前，使人不觉凛然心生肃穆，从而产生一种意欲精忠报国的奋发之情：

此地别燕丹，壮士发冲冠。

> 昔时人已没，今日水犹寒。
>
> 骆宾王《于易水送人》

易水，位于河北省西部的易县境内，处于战国时燕国的南界。《战国策·燕策三》载：荆轲前往秦国刺杀嬴政的时候，燕太子丹曾在易水边为他饯行。当时，"渐离击悲筑，宋意唱高声"（陶渊明《咏荆轲》）而留下了一曲"举坐同咨嗟，叹气若青云"（阮瑀《咏史诗二首》其二）的《易水歌》："风萧萧兮易水寒，壮士一去兮不复还。探虎穴兮入蛟宫，仰天呼兮成白虹。"歌毕，满脸泪痕的燕太子丹敬上酒来，荆轲一饮而尽并掷杯于地。然后，向大家抱拳致意，再转身跃马扬鞭，会同秦舞阳绝尘而去。送行的众人对着荆轲远去的背影扑地拜倒，一时间，白色的衣冠如同片片霜雪铺满了送别的路口，一种壮怀激烈的肃穆越聚越浓。待他们再抬起头的时候，那双双"商音更流涕"的泪眼，已经看不见远去的荆轲，只留下了一道惊起的烟尘在易水岸边弥漫。肩负着整个燕国的希冀和重托，荆轲踏上了那条天下第一刺客有去无还的征程。虽然最后不幸失手功败垂成而壮烈就义，但是这位"君子死知己""志在报强嬴"（陶渊明《咏荆轲》）的平民英雄，却在诗页中留下了"高眄邈四海，豪右何足陈"（左思《咏史八首》其六）的美名。对此，贾岛在诗中也发出了由衷的赞叹："易水流得尽，荆卿名不消。"（《易水怀古》）而陶渊明也同样认为："其人虽已没，千载有余情。"

就是这样的悲情故事，让骆宾王于易水岸边送别友人的时候触景生情，而他也仍然有那种"萧萧哀风逝,淡淡寒波生"(陶渊明《咏荆轲》)的感受,不仅感到水冷气寒,而且更加觉得意冷心寒。那个曾经"宝剑思存楚,金椎许报韩"(《咏怀》)的骆宾王,原本有着远大的志向,然而现实给他的却是"天子不见知,群公讵相识"(《夏日游德州赠高四》)的待遇,这种生不逢时的际遇让他深感寂寥和落寞,所以心中也就充满了孤愤和不平,如同易水河一样,悠悠不尽。诗人在一种"前不见古人,后不见来者"(陈子昂《登幽州台歌》)的孤独中,向知心好友倾诉着自己抱负难酬的衷肠。他看似是在感怀荆轲,其实是在为自己寻求一种慰藉,同时还有与友人共勉的意向,反映的仍然是那种忠君报国的一腔豪迈。

　　与这首送别诗情境相似的还有许多,如高适的《别董大》。唐玄宗天宝六载(747)春天,吏部尚书房琯被贬出朝,门客董庭兰也不得不离开了长安。是年冬,高适与董庭兰在睢阳(今河南商丘南)重逢。这时高适也不得志,到处浪游,常处于贫贱的境遇之中。他们两人本就是那种"高山流水遇知音"(张孝祥《丑奴儿·玉节珠幢出翰林》)的至交,如今又有了"同是天涯沦落人"(白居易《琵琶行》)的命运共同点,在他们境遇不济的时候相逢,二人不知会怎样地相见甚欢了。但在经过了短暂的叙怀以后,为生活所迫又不得不各奔他方。正是在这样一种话别的情况下,高适写下了这首慷慨激昂、鼓舞人心的送别诗。然而,他却一改以往送别诗缠绵忧怨的老调,全然不写千丝万缕的离愁别绪,而是满怀激情地鼓励友人踏上征途,直面并迎接未来,以一种开朗的胸襟,把离别之情涂染上了诸多祝福的色彩。诗人也借此让内心郁积的感慨喷薄而出,他不仅把临别的赠言说得体贴入微，同时也表达得坚定不移，从而用几句朴素无华的简短文字，铸造出了一种干爽洁净、醇厚深挚的诗情：

> 千里黄云白日曛，北风吹雁雪纷纷。
> 莫愁前路无知己，天下谁人不识君。
> 高适《别董大》

虽然诗人自己也不得志，但却于慰藉中寄托了希望，正是因为这种"多胸臆语，兼有气骨"（殷璠《河岳英灵集》）和"以气质自高"（刘昫《旧唐书·高适传》）的襟怀气概，才能为志士增色，为游子拭泪。而这种为游子拭泪的能力，正是从初唐传承而来的诗风：

> 城阙辅三秦，风烟望五津。
> 与君离别意，同是宦游人。
> 海内存知己，天涯若比邻。
> 无为在歧路，儿女共沾巾。
> 王勃《送杜少府之任蜀州》

王勃与杨炯、卢照邻、骆宾王并称"唐初四杰"。据《旧唐书》记载，他六岁即能写文章，文笔流畅，被赞为神童。九岁时，读颜师古注《汉书》，作《指瑕》十卷以纠正其错。十六岁时，应幽素科试及第，授职朝散郎。

别情　宦游路上的时代悲歌

因做《斗鸡檄文》被赶出沛王府。之后，王勃历时三年游览巴蜀山川景物，创作了大量诗文。返回长安后，求补得虢州参军。在参军任上，因私杀官奴二次被贬。上元三年（676）八月，自交趾探望父亲返回时，不幸渡海溺水，惊悸而死。王勃在诗歌体裁上擅长五律和五绝，代表作品有《送杜少府之任蜀州》等。由此可知，这首送别诗不仅是王勃的代表之作，也是他步入诗坛奠定自己文学地位的扛鼎之作。

可是谁能知道，王勃在为那位杜姓好友赋诗的时候才年方弱冠。一般来说，这个年龄的人还正值追逐风月、戏水赏花的阶段，憧憬的也都是些"花前月下独徘徊"和"青青子衿，悠悠我心"（《诗经·郑风·子衿》）的事情，在意的也多是落叶、流水与相思、愁怨的缠绵情事。但王勃却少年老成，他在人们的意料之外写出了"无为在歧路，儿女共沾巾"（《送杜少府之任蜀州》）的大丈夫之言。古来送别，都是以黯然销魂为主调的，王勃一洗那种悲怨的传统，反映了初唐诗人那种不拘泥于现实困顿，能把目光投向未来的精神意趣。因为他们坚信"天生我材必有用"（李白《将进酒》），所以有"长风破浪会有时，直挂云帆济沧海"（李白《行路难三首》其一）的信心和憧憬，而这种自信正是成就高远志向和豁达胸怀的内心支撑。所以，读他的诗，会让我们有一种别样而又励志的思考。

一边是三秦拱卫的京师长安，一边是云蒸雾绕、莽莽苍苍且相隔烟海的五津。究竟是去赴任，还是被发配？此中的无奈不是我们现在可以理解的。宦海不是一般的海，因为在此中只有浮沉没有靠岸。年轻时都有一种浪遏飞舟的勇敢，但直到多年以后你才会发现，原来我们并不是泅渡自己的水手，而每一个人，又都在被命运之神翻来覆去地捉弄。

　　异地为官是士子们兼济天下的基本途径，即便是贬谪，那也是不离体制的宦游，还仍然是文人实现入世理想的舞台。高适在《送田少府贬苍梧》中，就表达了内心不惊不扰、不怨不艾、不卑不亢、不忮不求、不愧不怍，尤其是那种不自暴自弃进取向上的时代精神。他说："丈夫穷达未可知，看君不合长数奇"，既是对朋友的宽慰，也是对对方人格才华的肯定，更是自身昂扬奋发的人生意气的表达。正是因为对友人的一种乐观判断，贬谪也就只做人生交响中的间奏，所以后面的"江山到处堪乘兴，杨柳青青那足悲"两句，便能够超越出传统的贬谪之苦和送别之悲的哀怨诗风，而独显昂扬激荡。在这样一种奋发向上的情绪鼓舞下，贬谪已不再是一场噩运，反而是一次难得的"解套"良机，正好可以轻装出发放飞自己，让人重树乐观和信心。

　　今人常说梦回唐朝，但梦回大唐并不是因为它强大，其实那时还常打败仗，疆域也不是中国古代王朝里最大的，但它的气度、胸怀、眼界却又那么大气、开阔，让人敬慕并赞叹。唐诗里反映出来的，就是那种无私无非、无邪无瑕、无怨无悔的昂扬正气。所以王昌龄面对遭贬的友人，在《送柴侍御》中，也一样会有那种"沅水通流接武冈，送君不觉有离伤"的乐观，有"青山一道同云雨，明月何曾是两乡"的豪迈。而在自己怀才不遇的时候，同样的乐观又更是了不起。

　　据《唐才子传》和《河岳英灵集》载，王昌龄曾因不拘小节，"谤议沸腾，两窜遐荒"，开元二十七年（739）被贬为江宁丞，几年后再次被贬谪到了更远的龙标。可见当时他正处在众口交謷的恶劣环境之中。尽管所处的环境有着"平明送客楚山孤"（《芙蓉楼送辛渐》）的悲凉，但洛阳诗友亲朋的信任和支持，让他仍能感受到温暖和希望。虽然天生贤才不被君王所用，命运多舛，仕途坎坷，屡遭贬谪，但他仍然有着"身在江海上，云连京国深"的宏大志向，仍有着"行当务功业，策马何骎骎"（《别刘谞》）的建功立业之心，因此才有了"一片冰心在玉壶"（《芙蓉楼送辛渐》）的凛然之姿。这绝不是洗刷谗名的表白，而是蔑视谤议的自誉。

迷蒙的烟雨笼罩着吴地江天，织成了一张无边无际的愁网。夜雨增添了萧瑟的秋意，那寒意不仅弥漫在满江烟雨之中，更沁透在两个离别友人的心头上。清晨，天色已明，辛渐即将登舟北归。诗人遥望江北的远山，想到行人不久便将隐没在楚山之外，孤寂之感油然而生。因为友人回到洛阳，即可与亲友相聚，而留在吴地的诗人，却只能像这孤零零的楚山一样，伫立在江畔空望着流水逝去，诗人借清澈无瑕、澄空见底的玉壶，捧出了自己那颗晶亮纯洁的冰心，以昭示胸臆，告慰友人。

"入世"是中国古代文化中关于忠孝的主要内容，而"忠"的含义就是效忠朝廷，即所谓精忠报国。当然，报国的方式有多种，教书育人、发展生产、戍边守疆、征战沙场等等都是。而唐人觉得最能表达自己忠君爱国决心的，可能还是驻守边关了。似乎只有这样，才能最直接地融入保家卫国的大业。所以，这种送别诗也就很多。有陈子昂抒发自己慷慨壮志的《送魏大从军》："勿使燕然上，惟留汉将功"，也有孟浩然称赞友人勉励自己的《送陈七赴西军》："君负鸿鹄志，……何当献凯还。"陈子昂

诗词里的至情人生

送魏大北上，是为了御边保国，孟浩然送陈七西行，是要为大唐开疆拓土。两首诗都充满了那种"一闻边烽动，万里忽争先"的志向、勇气和期待。

战争直接反映了与敌对势力的激烈对峙，而出使，表面看似乎反映的是一种合作状态。一样的行走方向，不同的艰险经历，但却都有建功立业的人生追求。王维的友人西行时，虽然没有金戈铁马做伴，但却依然要直面路途多艰的挑战，而远方等待着他的，仍然是更为残酷的战斗：

渭城朝雨浥轻尘，客舍青青柳色新。
劝君更尽一杯酒，西出阳关无故人。

王维《送元二使安西》

清晨，一场细雨不期而至，打湿了行人的衣襟，也打湿了送行人的心情。渭水岸边，咸阳古道上，前日的征尘在潮湿的空气抚慰下终于安静下来了。然而诗人的心情，却被这场不期而至又无法躲避的雨水浇了个透。

新柳如丝，挂满了驿站的四周，每一根长长的枝条，都缀着一串晶莹的泪珠。真是时光如水啊，转眼那些相聚甚欢的开怀岁月都已流逝。往事越走越远，而情谊越濯越清。醉眼蒙眬中，一次次地举起那只斟满回忆与惦念的酒杯，一饮而下的都是不舍和牵挂。没有了好友的日子，不知还能与谁如此这般地把酒言欢、和诗吟唱。一路向西，便是传说中的阳关古道，那里不仅仅是茫茫的戈壁，也是缥缈的未来。记住这飘满了酒气的客舍吧，也记住此刻路旁那凌乱飞舞的柳丝，当你想起今日这场不醉不散的分别，

别情　宦游路上的时代悲歌

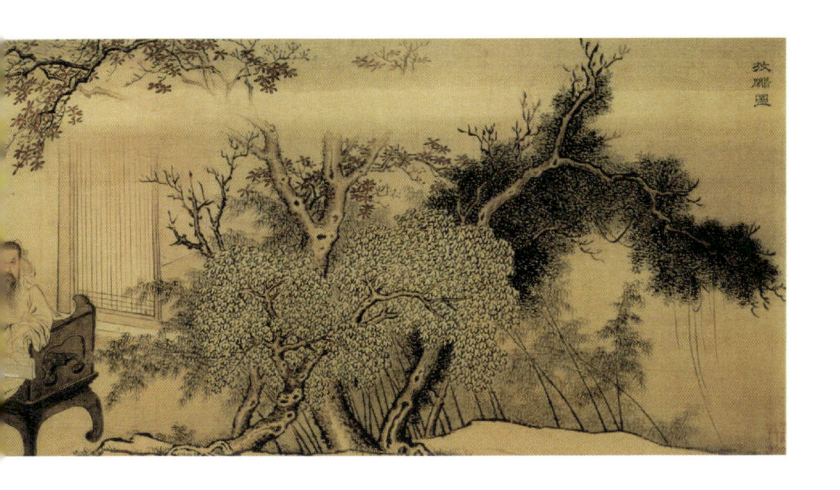

（清）禹之鼎《王士祯放鹇图》

也就想起了一个老友驻守在渭城的守望。

　　元二出使安西，主要任务是平息边塞的叛乱。能担任钦差大臣，尽管履职之路坎坷崎岖，但也算蒙受主恩，有了尽忠的机会。不过这种政治荣誉上的荣升，却也难掩现实的多艰不易，所以前途难料，好坏未知。在这样的背景下道别，送行之人对即将踏上征程的友人难免会有牵肠挂肚之情。然而诗人内心的凄楚缠绵和低回流连，却是借着一曲慷慨高歌发出的。酒是浓缩的赠言，干杯是男人的契约。一饮而尽既是诗人的嘱托，又是远行之人的承诺。在咸阳古渡送别的路口，没有挥手时的泪沾衣襟，只有一杯又一杯的觥筹交错。在他们豪迈的痛饮中，我们读出了诗人的不舍，品出了酒中令人肝肠寸断的苦辣，看到了杯底沉浸的泪痕。都说"丈夫非无泪，不洒离别间"，那是因为未到情浓时。尽管说"所志在功名，离别何足叹"（陆龟蒙《别离》），那也是因为你心怀着重逢的希望。当那种"十年生死两茫茫"（苏轼《江城子·乙卯正月二十日夜记梦》）的时刻到来时，谁又能不生出"无为在歧路，儿女共沾巾"（王勃《送杜少府之任蜀州》）的伤感呢？然而，他们深知：伤感是对过去的留恋，而豪迈则是对未来的期待。男人的胸怀既然是天下，眼睛所关注的也就应该是远方。

　　古代的生活与现在毕竟相差了千百年的时空距离，《论语·里仁》中讲"父母在，不远游，游必有方"，是为了不致留下"子欲养而亲不待"（《孔子家语·致思第八》）的遗憾，因为路途的阻隔是一道太难逾越的鸿沟。迢迢千里，即便有相逢的意愿，翻山越岭地长途跋涉，没有体魄和脚力也是很难实现的，何况三五个月的脚程，那种说走就走的旅行，不是惬意的休闲，而是对意志和毅力的考验。所以，离别对古人来讲，确实是一种悲怨的体验。此地一别，真是不知何年何月才能再见。按理说，这样伤感的事情，放在现在，肯定会令人感动得"终日不成章，泣涕零如雨"（《古诗十九首·迢迢牵牛星》）了。放在唐代，虽然也有伤感，但却仍然谈笑风生，而且还相互鼓励。他们有着虽是山高路远，却也来日方长的豁达，有着"一别心知两地秋"（严维《丹阳送韦参军》）的内心之痛，同时又有着"红芳绿笋是行路，纵有啼猿听却幽"（戴叔伦《送人游岭南》）的巨大宽慰，让友人带着祝福上路，就完全冲散了郁结在心头的离愁别绪。

其实，每个人的心里都有一块最显柔软的地方。只是，有的人把他表露了出来。于是，才有了那么多低回婉转的诗句；还有一些人，给脆弱的心包裹上了一层坚强的护甲，所以展露给别人的，永远都是快乐。这并不是虚伪，而是他们总为别人想得太多，将那些不能言说的情绪，只留给自己独自品尝。于是，在一句句离别的诗句中，看见的是诗人的豪情，看不见的是豪情之下一颗与常人无异的不舍。他们不是不知道离别的含义，后会有期不过是一种希冀和期待。从此山高水远，道阻且长，何年何月才能重逢，自己的心里也打下了一个大大的问号。但他们谁都不愿意将这样的惆怅带给对方，所以，每一次的送别除了互道珍重，剩下的就是喝酒，然后赋诗，直至将一曲骊歌唱得情调悠扬而高亢。如"醉别江楼橘柚香，江风引雨入舟凉"（王昌龄《送魏二》），"朝闻游子唱离歌，昨夜微霜初渡河"（李颀《送魏万之京》），"劳歌一曲解行舟，红叶青山水急流"（许浑《谢亭送别》），"离歌未尽曲，酌酒共忘形"（周瑀《送潘三入京》），"携酒楼上别，尽见四山秋"（曹邺《江西送人》），"相看不忍别，更进手中杯"（李白《送殷淑三首》其二），等等，精彩地演绎着人世间离别时的一幕幕悲情画面，尽情书写着大唐时的各色风流。

离别，是为了下一次的相聚。诗人写离别，是因为离别让他们动了一场情，只是这情，既可以是怨情，也可以是豪情。怨情的人对过去充满留恋，而豪情的人对未来充满期待。也正因为有了期待，所以才让我们感受到了那个时代明媚靓丽的光彩。多情自古伤离别，绝非是文人一时的附庸风雅，只有经历过离别的人才能真正理解离别的苦楚。诗人们把离别之情的一半给了伤感，锦书难托，泪珠斑斑；另一半留给了豪迈，而豪迈的离别展现给我们的，则是前人曾经的风韵和气度。

风吹柳花满店香

且饮且歌且行且舞中的潇洒与浪漫

离别是悲凄的,但盛唐诗友之间的聚散离合,除了感伤之外,更多的则是充满了青春昂扬的气息和积极乐观的情绪,充满了梦想和希冀,也充满了蓬勃的生命活力。而李白,就是他们其中的典型代表。

有人曾说,在盛唐的诗人中,李白是最具有宇宙意识的一位诗人,从"黄河落天走东海,万里写入胸怀间"(李白《赠裴十四》)的自我表达中就能看出。他能够从大处把握对象,总是站在高处鸟瞰世界,所以眼中看到的都是大景观,心里得到的也都是大气象。李白的一生基本上是在盛唐时期度过的，因此，什么国家、民族的危机、忧患，之于他，还是比较遥远的。因为，大唐是伟大的王朝，唐人也有着骄傲和荣耀的身份，而这一点在他的意识中是较为明显的，他不会对此有丝毫的怀疑与忧虑。这种阳光心态，正是一种盛世的心态。而这种心态，体现在他的离别诗中，就是处处都闪烁着的明亮光彩。即便是悲伤，也仍然怀揣着希望；即便是困苦，也能体味到甘美；即便是落魄，也不会有丝毫的怨愤。诗人的心头，总是呈现着一片明朗洁净的天空。

李白生活的常态似乎就是辞亲远游，他如不系之舟一般，天天都在游走的路上。他甚至说不清自己的来处，也更不知道即将要赶往的去处，心里装的只是一个谁也不知道的远方。他每天都在努力地把眼前的陌生融入内心，再把一个一个的他乡拥入怀抱。正是这种不断的行走，走出了世间最有诗意的漂泊。在他"孤蓬万里征"（李白《送友人》）的日子里，离别已经不再有什么伤感，有的只是青春的热望，有的只是推陈出新的诗情。从诗意的开始，到诗意的别去，然后，江河山川，云烟船帆，再在心中复来：

> 风吹柳花满店香，吴姬压酒唤客尝。
> 金陵子弟来相送，欲行不行各尽觞。
> 请君试问东流水，别意与之谁短长？
>
> 李白《金陵酒肆留别》

柳枝飘絮的时节，即将离开金陵的诗人，满怀着离情别绪与友人小酌。

驰荡的春风，卷起多情的花絮，在轻飞曼舞中，也将酒香洒满了江南水村山郭的酒肆。"当垆理瑟矜纤手"（杨巨源《大堤曲》）的卖酒姑娘，捧出新酿的美酒，一杯接一杯地斟满了客人的酒杯。此时此刻，柳絮翻飞，酒气郁郁，花香和着酒香，不舍和着离情，醉意朦胧，惜别依依。饯行的酒啊，你斟我敬，将要走的和送行的，干杯畅饮。但就是在这样一个美好的时候，一个让人留恋的地方，诗人却要走了。李白在金陵逗留期间，以诗酒会友，过了一段兴来捉月伺诗酒的快乐时光。当要离开的时候，虽然心中对新的去处充满了向往，但面对着朋友们的盛情挽留，也难免有一些依依不舍。所以他不禁感慨，滚滚东流的江水也比不上离别的情谊深长。

人们都知道李白是酒神，不管是愁是喜，他都要用喝酒来表达自己的心情。清酒、浊酒、烈酒及得意或失意的酒，在李白那里都能喝出一番况味。离别本来是一件令人伤感的事，但酒入愁肠，也便化成了绵绵诗情，忧而不痛，哀而不伤。王维也是这样，能用雨后的空气，让伤感蒙上清新的暖意。他们都能让那种炽烈的情感，从容而悠扬地流淌进远行人的心里。

李白此行是去扬州。他后来在《上安州裴长史书》中说："曩昔东游维扬，不逾一年，散金三十余万，有落魄公子，悉皆济之。此则是白之轻财好施也。"李白性格豪爽，喜好交游，当时既年轻富有，又仗义疏财，朋友自是不少。在金陵时也当如此。一帮朋友在酒中相识，又在举杯之间话别，少年肝肠，兴致盎然，毫无伤别之意。李白还写过一首《送孟浩然之广陵》：

故人西辞黄鹤楼，烟花三月下扬州。

孤帆远影碧空尽,唯见长江天际流。

　　李白与孟浩然的相识,是在他刚刚出川不久。那时的李白,年轻快意,英姿勃发。孟浩然比李白大十二岁,这时已经诗名扬天下了。在李白的印象中,孟浩然是那种醉心于山水之间,自由自在而又活泼开朗的人。所以在十年之后,李白第二次见到孟浩然时曾说:"吾爱孟夫子,风流天下闻。红颜弃轩冕,白首卧松云。"(《赠孟浩然》)这次离别是在开元盛世期间并且是一年中最美的季春时节。所以,从黄鹤楼到扬州,一路繁花似锦。李白同样也是一个浪漫、爱好游走的人,所以这次离别就是在很浓郁的畅想曲和抒情诗的气氛里进行的。他的心里没有忧伤,同时认为孟浩然也会很愉快。扬州是当时东南沿海的知名都会,李白也向往扬州,所以他一边送别,一边心也跟着飞翔,胸中自然荡漾着无尽的诗意。这里是文人心仪的名楼,它仿若一直躲在时间的岸边,随时等着游走者的驻泊。而扬州有名扬天下的月夜和箫声,缭绕着一个繁华绚丽的梦境,经久不醒。面前有好友与美酒,窗外是"不尽长江滚滚来"(杜甫《登高》)的波澜。尽管美景令人悦目,但是送别却让人或有感伤,只是感伤之外更多的还是向往。所以,当友人的帆影渐渐消失在碧空的尽头时,他的眼里看见的不是友人邈远的背影,而是如黄河一般"奔流到海不复回"(李白《将进酒》)的长江。一叶孤帆东去,一江春水东流,波涛阵阵,浩浩汤汤。不知流水是要追赶岁月的脚步,还是想寻找与大海一样宽容的真情。终于有人发现,送行的人临窗而立,仍在凭栏远眺。然后,他用一柄饱含墨汁的竹笔,把离别谱成了一曲相聚的浅唱低吟。我们读着这样的句子，如同一遍遍地抚摸着历史，而那些深情的句子，又总是吸引我们一次次地久久凝望。

三月的烟花装扮出旖旎的风景，召唤着李白。从此，他便开启了一种永不停歇的游侠模式，让自己的整个人生都处于离别的状态之中。丈夫四海志，天下皆朋友。他走到哪里，就把友谊的种子散到哪里，而离别时，为了友谊再留诗相赠，于是又有了一首《赠汪伦》。

据说，泾县汪伦以"十里桃花，万家酒庄"约请李白。二人相聚后谈诗论道，越说越投缘，一时间酒逢知己千杯少，开怀痛饮。酒酣心热，然后诗情、友情在桃花潭的酒香中也愈饮愈浓。酣畅中李白问汪伦："十里桃花、万家酒庄在哪里？"汪伦笑答："十里桃花，就是十里外有一个桃花渡。万家酒庄，是指这儿有一姓万的人开了家酒庄。"李白听后大笑不已，并深深体会到了汪伦的一番苦心。临行登船时，汪伦端过一碗酒，李白一饮而尽。闻讯赶来的村民，这时唱起了送行的歌谣，满目的依依不舍。面对汪伦的真挚、村民的淳朴和这里的青山秀水，李白在感动中挥泪吟出了那首千古绝唱。桃花景引来了诗人的桃花愿，产生了两人相见甚欢的桃花情，从而成就了传颂千年的桃花缘佳话。如今，当人们站在桃花潭边，沉醉在一片青山绿水之中时，似乎还能看见当年的李白与汪伦对酒当歌、谈笑风生、意气风发的神采，身旁似乎还飘散着桃花潭酒的馨香，缭绕着隐隐的吟唱："李白乘舟将欲行，忽闻岸上踏歌声。桃花潭水深千尺，不及汪伦送我情。"（《赠汪伦》）送别不是因为已经相见，而是他们知道，诗人的诗歌是写给天下的诗歌，没有哪个地方可以让他诗歌的翅膀停止飞翔。于是，一袭长衫舞动起徐徐的江风，一只手在挥动中也拨开了思念的闸门，船行渐远，歌唱渐长，碧水和蓝天也越来越宽。于是，又是一幕云水依依、帆影渺渺的图像。

李白的一生就是在不停地寻找未知，他永远都带着一双充满惊奇的眼睛在寻找一种无法想象的景物，然后再书写出瑰丽的诗句。尽管他写出了"举头望明月，低头思故乡"那种有着浓重乡恋情结的《静夜思》，但他却没有把任何一个地方当作故乡，而是始终把自己放逐在异乡。他的目标永远是远方，所以一直在行走的路上。他似乎天天都在告别刚刚结识的"老朋友"，转而又要去投奔下一个新朋友的召唤。因此他的送别诗也就很多。我们可以看到，"客散青天月，山空碧水流"是李白把自己变成一个跋涉者的原因，而"谢亭离别处，风景每生愁"（李白《谢公亭》）则是他为自己一次次地远行所必须负担的感情成本。从欣喜若狂的相见，到"挥手自兹去，萧萧班马鸣"的伤痛惜别，只因他的心中有着"浮云游子意，落日故人情"（李白《送友人》）的游侠情结。所以他的明天，永远都是再次的跋山和涉水。

与李白一样，在盛唐离别时，诗人们心里生出更多的是浪漫的激情，大部分诗人心里也都装着浓浓的春意，他们心性张扬而奋发向上，所以，满眼都是"杨柳东风树，青青夹御河"（王之涣《送别》）的欣欣向荣，内心也充满了"雨搓金缕细，烟袅翠丝柔"（戴叔伦《赋得长亭柳》）般的缠绵浓情，生发出的自然都是"含烟惹雾每依依，万绪千条拂落晖"（李商隐《离亭赋得折杨柳二首》其二）的春光之景，所以王维也说"惟有相思似春色，江南江北送君归"（《送沈子福之江东》），而岑参看到的，也一样是"忽如一夜春风来，千树万树梨花开"的勃勃生机：

> 北风卷地白草折，胡天八月即飞雪。
> 忽如一夜春风来，千树万树梨花开。
> 散入珠帘湿罗幕，狐裘不暖锦衾薄。
> 将军角弓不得控，都护铁衣冷难着。
> 瀚海阑干百丈冰，愁云惨淡万里凝。
> 中军置酒饮归客，胡琴琵琶与羌笛。
> 纷纷暮雪下辕门，风掣红旗冻不翻。
> 轮台东门送君去，去时雪满天山路。
> 山回路转不见君，雪上空留马行处。
> 《白雪歌送武判官归京》

读着这首诗，我们能想象到当时的情景：

北风呼啸而来，蒿草被连根带起，一场突如其来的风雪侵袭了正值仲秋时节的塞外。然而这样的雪却并不似冬季的那么让人畏惧，它会让人感觉像是花雨的飘落，瞬间又使刚刚枯败的草木再次穿上了白色的盛装。然而，雪毕竟还是雪啊，当它飘进营帐而把罗幕打湿的时候，那种寒冷也一样让人难耐。那时，即使是穿着狐裘都不够暖和，即便是盖上再厚的被子也仍会觉得单薄。在极度的严寒中，弓都能被冻得拉不动，更别说铠甲了，那简直就像是冰一样，根本穿不到身上。荒漠和戈壁被大雪覆盖后，整个大地都被笼罩在了一片冰天雪野之中，哪里还能有什么生命的迹象，真真切切地就像是被世界遗弃在边际一般，给人一种无比绝望的恐惧之感。但即便是这样，那又何妨，当武判官即将荣归京城的时候，也一样要为他设宴饯行，而胡琴琵琶与羌笛更是宴会上必不可少的内容。虽然分手时大雪还在下个不停，甚至冻僵了门外的军旗，但同时也封存了与友人相聚在这里的诸多回忆。当他策马扬鞭而去时，大雪虽然覆盖了整个天山，但送行人的心却并不会因此而冰冷到极点。只是他远去的时候，因为前方有一段"千岩万转路不定"（李白《梦游天姥吟留别》）的征程，所以，迂回曲折很快就无情地隐匿了他的身影，而眼前只剩下雪原上一串马蹄的踏痕。

  岑参分别于唐玄宗天宝八载（749）和十三载（754）两度出塞，当时西部边疆一带，战事频繁。岑参怀着到塞外建功立业的志向，久佐戎幕，前后在边疆军中生活了六年时间。天宝十三载这次是岑参的第二次出塞，充任安西北庭节度使封常清的判官（节度使的僚属），而诗中送行的武判官就是他的前任。此时，岑参很受封常清的器重，正处于事业的成长期，有着春风得意、大展宏图的胸怀，眼里看到的都是大唐壮阔的疆土，心里装着的也是一腔建功立业的爱国豪情。所以飘飘洒落的漫天飞雪，就能让他幻化成春天烂漫绚丽的梨花开放，而他再以此来送别好友，就使得送别时的忧伤转化成了干爽明丽、大气乐观的潇洒与浪漫。

  关塞风雪，长亭古道，诗人们用诗和酒装点了一次次送别的盛宴。最有意思的是，有的诗人喝酒喝得太多，结果喝醉了以后酣然大睡，朋友走了也不知道，等到醒来才发现朋友已经走远。于是极目远眺，满目山河中，

装下的尽是空留的惆怅：

> 劳歌一曲解行舟，红叶青山水急流。
> 日暮酒醒人已远，满天风雨下西楼。
>
> 许浑《谢亭送别》

当然，他们不是没有惆怅，那种"故关衰草遍，离别自堪悲"和"掩泪空相向，风尘何所期"（卢纶《送李端》）的情绪，也时常会有所流露。但这份忧伤，并不能消减他们的情志和意趣，所以尽管是送别，也会像许浑那样，又要喝酒，还要唱歌。

唱罢送别的歌曲后，友人就要解舟远行了，青山、红叶，还有湍急的流水，一波一波荡漾着浓浓的深情。推杯换盏中不觉已然醉去，等到酒醒的时候，太阳已经落山，人也已经走远。满天风雨中，回荡着载满往事的风铃声，一声声惊醒了四周的清寂，跌落下来了一串串凄婉清冷的诗行，并铺满了西楼的一级级台阶。移步出楼，步履踉跄，因为已承载了太多的怀念，也饱含了太多的祈福之情。眼前的天光和云影，也适时地徘徊出了一段孤寂与忧伤。而那一江秋水，又能否承载得起如时间一样没有边际的真情？

歌声如酒令，一曲喝一杯；泪珠如音符，一滴一婉转。沉重的离愁是比一河江水还要更深的忧伤，再粗的缆绳也缚不住时间的扁舟，再长的竹篙也撑不动友谊的河床。酒里浸满了相互的叮嘱，船舱载满了好友的温情，当我

别情　宦游路上的时代悲歌

们挥动衣袖随水而行的时候,那劈波斩浪的船头便已碾碎了记忆的码头。

　　"天之涯,地之角,知交半零落",古今中外,所有的离别都逃不过"愁绪"二字,所以诗人们会不断地生发出"人生难得是欢聚,唯有别离多"(李叔同《送别》)的感叹。但他们却总能以自己的情趣和方式,借助斜阳、芳草、浊酒、离歌,将本应难舍难分、肝肠寸断的场面,渲染得写意而又悠扬。在分别时即将放手离去的刹那,伤感的迸发本应是人之常情,只是因为他们能用乐观的态度去控制悲凄的情绪,而使伤感隐而不发,然后反以笑脸相对,再举杯欢送,踏歌作别,终使哀婉升华成了一首首穿透时间的风流之歌。

不向空门何处销

别去喧闹的凡心，只为醉心于林泉

陶渊明说："问君何能尔，心远地自偏。"（《饮酒》其五）他用一问一答的形式，揭示了古代诗人对于"结庐在人境，而无车马喧"的生活情志之所寄，而他的那种"采菊东篱下，悠然见南山"的静穆与淡远，更是表明了一种归复自然的向往。一首简简单单的《饮酒》诗，却道出了文人内心最为挣扎和纠结的几多情感。

田园，是中国人走不出去的心结，"两亩土地一头牛，老婆孩子热炕头"这种根深蒂固的乡土观念，牵扯着一代又一代人远行的脚步。当长途远征体力不支的时候,在遇有坎坷动力失速的时候,或者有感于辛劳一生疲惫难当的时候,还有功成名就意欲急流勇退的时候,我们都会有一种倦鸟归巢的渴望。归隐林泉,春华秋实,是一种超然于世俗之外的生活憧憬。

　　隐居源于一种农耕文化的心理期冀,尤其是中国人又有着"穷则独善其身"(《孟子·尽心上》)的文化传统,而乡下随处可见的原野风光、闲适的慢节奏生活,也正好适合在此修身养性,所以从骨子里都追慕那种"桃红复含宿雨,柳绿更带朝烟"(王维《田园乐七首》其六)的田园生活。以至于即使到现在,一些写到家乡的文章还一样充满了诗情画意。然而,只有经历过才会发现,能够让人放怀自在的乐园,都只存在于自己的内心。正如林清玄所说:"重要的是你的心,你的心广大,书房就大了。"所谓的田园生活又何尝不是呢?出入于官场,一样可以守住内心的清静;远离了江湖,同样可以心系天下的苍生。寸心之间,荣辱进退,这或许就是传说中最为理想的人生境界了。

　　无论古今,总有太多纷扰不能释怀,醉心于争名逐利,往往徒劳而归,不妨给心灵做一次原始的按摩,或寄情山水,或回归自然。无论是"独钓寒江雪"(柳宗元《江雪》)也好,还是"莲动下渔舟"(王维《山居秋暝》)也罢,都只为让内心与世无争。争名莫若归去,这是古代士子的普遍情怀。

　　很多诗人在晚年选择独自乐山好水,在无拘无束中度过余生,山水之间似乎有太多让诗人向往的乐趣。陶渊明钟情桃花,王维避居辋川,李白云游四方,纵使世事百般辗转,也终不改他们融于自然的意愿,于是就诞生了一首首讴歌田园的佳作。

王维曾隐居于长安东南的辋川,他的许多诗,描绘的都是他在此处的《田园乐》生活。在经历了人生的坎坎坷坷之后,怡情山水终使他找到了摆脱俗世的法门,一种宁静、恬淡和闲适及物我两忘的生活,让他终于获得了"花落家童未扫,莺啼山客犹眠"般随心所欲的日子,从而弥合了"官"与"隐"之间的缝隙,将"斜光照墟落,穷巷牛羊归"(王维《渭川田家》)式的田园乐趣发挥到了极致,建造起了属于自己独有的终南别业。那种理想的生活,也就因着他诗中描绘的朴实的情感、炽烈的骄阳、劳作的汗气和内心的愉悦与从容,而引起了诗人们的共鸣和向往。诗人们便借此将自己的情怀放置在山水田园间,呼吸自由的空气,感受生命的真实,并在田园生活的深处完成了一次灵魂的绝尘。

当一个人只能听到自己灵魂的声音,当脆弱的心跳都能掷地有声,当过尽千帆皆不是你心所属的时候,唯有归隐山林,于斜晖脉脉、云水依依中寻找无法实现的理想。与自然相伴,没有功利心,没有左顾右盼,有的只是一个人的独坐,淡忘过去,用自然的风雨涤荡被世事污染的心灵。

然而醉心林泉,为的只是远离世俗,而非完全隔断红尘,所以也免不了会有一些朋友间的来往,相聚的快意和分别的不舍还仍然在诗人的生活中不时出现,但此种相聚与别离,却已经不再有那种儿女情长的意味,更多的则是反映他们历尽沧桑后的生活态度。

尤其是王维,从他"春草明年绿,王孙归不归"的疑问中,把那种"山中相送罢,日暮掩柴扉"(《山中送别》)的寂寥之感,意中有意、味外有味地倾洒了一地,但我们却感觉不到丝毫的落寞,而是生出了归隐田园的诸多期许，仿佛他所挂念的那个人，就是此时此刻沉浸在他诗中的我们自己。从他另一首诗"但去莫复问，白云无尽时"的感慨中，也一样增加了我们那种闲云野鹤、云卷云舒式的生活畅想：

> 下马饮君酒，问君何所之。
> 君言不得意，归卧南山陲。
> 但去莫复问，白云无尽时。
> 王维《送别》

诗人采用问答的方式着笔，借用友人的话说出了自己对生活现状的感慨，而在对友人表达关切与宽慰的同时，更多的是讲出了他自己对归隐生活的羡慕。"君言不得意，归卧南山陲。"与其说这是朋友的回答，不如说这就是王维自己的心意。

在对待人生际遇方面，王维似乎显得更为释然，也更加明亮。他与其他诗人一样，同样意在山水，但却心存更多的豁达。当然，他并不是没有政治理想，但他深知，明月高挂在松间，才能更显高洁，青石只有甘做河床，才能被清泉冲刷出它深藏的底蕴，而对浣女和渔舟的向往，正是他对官场和俗世的厌倦。山水之高高在了诗人的人格，田园之美美在了诗人的心怀。在功名利禄中摸爬滚打多年以后，一个人享受清寂，细细品咂"落叶满空山，何处寻行迹"（韦应物《寄全椒山中道士》）的生活滋味，真是又一种境界的升华。山水在诗人的眼里，都是寄存理想的容器，我们只要肯挪步上前走上一走，就会发现一些安慰和希望，因为在那里寄存着的不是他物，而是诗人空净的心灵。所以那些貌似没有多少情感成分的田园山水，却都承载着诗人们的人生意趣，正所谓"笔笔眼前小景，笔笔天外奇情"。

一炷香，二瓯茶，将悲欢哀愁镂入烟茗，以年华为食，以沧桑为饮，以岁月为茧衣，百折千回之后，终回自然的恬淡。谈一谈山高水远，笑一笑历尽千帆，微带一丝劫后逢生的慰藉，就像命运中经历了一场风雨。与其在俗世中挣扎，不如寄情山水，做个可以笑傲江湖的神仙，在青山绿水间将自己放逐，寻找"浮天沧海远，去世法舟轻"（钱起《送僧归日本》）的路径，获得人生的真谛。

有人说"空山不见人，但闻人语响"（《鹿柴》）是王维参禅悟道的体会，有阳光和心灵的透明感。好像佛法与人生，既求之不得，又总能在转身的刹那看到希望。但实际上，抛开王维的佛学思想，只看他细腻的情感，就可以体会到他动静结合的美妙。假如心里涌起的是尘世的浮华，就很难看到精致的生活细节。而在他的诗中，一株刚刚冒出新芽的小草，或者一朵迎春盛开的野花，都能令人感受到内心细微的颤动。这样写出的送别，别去了的，就不再是亲情、友情简单留下的牵挂，而是如"水月通禅寂，鱼龙听梵声。惟怜一灯影，万里眼中明"（钱起《送僧归日本》）一般，送走了诗人的凡心，告别了自己那种"曾经沧海难为水"（元稹《离思五首》其四）的烦恼。

赠别之作，一般多从眼前景物写起，先即景生情，然后抒发惜别之意。然而王维写《送梓州李使君》则不然，他珍惜友情，但立意却绝不在"别"上，而是从"送"字开始，在"劝勉"之上做文章：

万壑树参天，千山响杜鹃。
山中一夜雨，树杪百重泉。
汉女输橦布，巴人讼芋田。
文翁翻教授，不敢倚先贤。

诗中没有一句涉及送别之时、之地、之情、之事的描述，全篇写的都是巴蜀的山水、风情和民情。然而读后深思，就会发觉，他是围绕着李使君即将赴任的梓州在步步展开、层层推进。全诗融注着诗人对友人欣羡、期望、劝勉的一腔真情，并在淡淡的笔墨中，描绘出了一幅美丽的水墨山色。这正应了苏轼对王维的称赞，"诗中有画，画中有诗"（苏轼《东坡题跋·书摩诘〈蓝关烟雨图〉》）。王维的每一首诗都是一幅画，湖光、山色、宿鸟、鸣虫、晚照、清风、朗月、晴空，所有自然的景物都在他的诗画中活灵活现，栩栩如生。似乎大自然把所有的感情和景色都交给了王维，并由他一一呈现在我们的眼前。

在那种"夕阳返照桃花渡，柳絮飞来片片红"的景致面前，谁能不羡慕乡村里的悠闲与安逸，让人总能生出如"式微，式微，胡不归"（《诗经·邶风·式微》）一般的感觉，同样也有一种青山日暮不觉晚与琼枝鸟戏忘归林的感叹。然后又忽然发现，天黑了。便问自己，怎么竟然想不起来回家了呢？

纵观王维的一生，他厌恶官场却又不能决然而去，所以后半生几乎一直过着半官半隐的生活，而他的诗也就一再地表达着意欲退隐的愿望。柳宗元也有过这样的时候，他的"侯门辞必服，忍位取悲增。去鲁心犹在，从周力未能"里面，就充满了怀才不遇的愤懑和无奈，而"家山余五柳，人世遍千灯。莫让金钱施，无生道自弘"（柳宗元《送元暠师诗》）则明确表达了那种归隐向佛的心愿。

陶渊明也曾说："误落尘网中，一去三十年。羁鸟恋旧林，池鱼思故渊。"（《归园田居》其一）开荒、守园，看似简单，其实都透着人生态度的艰难抉择和幡然转变。繁华落尽，能够守住内心的安宁固然是好事，但能将这"淡而无味"的状态守到云开雾散、甘之如饴的地步，却并不是件容易的事情。王维就是用诗在叙述着自己的人生轨迹，讲述了他在仕途中挣扎失望后，让自己又归于平淡，并在大自然的怀抱里，在佛道的清修中，寻觅到了自己原来最为钟情的平静心态。也许，在他看来，既然"日暮送夫君"的时候，一旦"湖上一回首"，便有"青山卷白云"（王维《欹湖》）的舒朗，那又何不干脆"行到水穷处，坐看云起时"（王维《终南别业》）呢？而那种"田夫荷锄至，相见语依依"（王维《渭川田家》）的淡泊无拘、恬然自乐，也一定会是他心向往之的初衷了。

王维就是这样，他站在世俗的拐角处，用佛学的理念弥合了官与隐之间的缝隙，以至将田园的乐趣发挥到了极致。而他笔下的乡村，也因为带着质朴的感情、炙热的骄阳、劳累后身体的疲惫与安逸自得的心灵轻松，而受到了人们的喜欢和追捧。如王维一样，那时的许多诗人，也都将自己的情怀放置在山水田园之间，尽情地呼吸自由的空气，触感生命的真实。

然而诗人毕竟不是石人，即使是钢筋铁骨的硬汉，也一样有血肉之躯。谁能没有恻隐之心，谁能永远无动于衷，就如昆曲《宝剑记·夜奔》里唱的那样:"登高欲穷千里目,愁云低锁衡阳路。鱼书不至雁无凭,几番欲作悲秋赋。回首西山日又斜,天涯孤客真难渡。丈夫有泪不轻弹,只因未到伤心处。"男人也同样有泪,只是平常用坚强掩盖着柔软,但心都是肉长的,一旦触动了他最深情的那根心弦,他也一样会释放出心里的伤悲:

> 送君尽惆怅,复送何人归。
> 几日同携手,一朝先拂衣。
> 东山有茅屋,幸为扫荆扉。
> 当亦谢官去,岂令心事违。
>
> 王维《送张五归山》

诗人的这次送别,送的便是惆怅,他只是用了一个"尽"字,就道尽了送别之时的感伤,而恰恰因为有了一个"尽"字,又使两人的情意多了几许分量。几日同携手,今朝友人却要"先拂衣"了。诗人该是带着一份嫉妒与歆羡写下的诗句,因为东山的茅屋就是诗人向往的地方,虽然身处污浊不堪的名利场上,但他的心却时刻惦念着那片澄静的世界。"幸"不过是幸在了迷途中的那个我还保留着一份希望罢了,心存着那一片净空,预留着那一寸土地,于自己总该是一剂灵魂的安慰剂了。诗人的心迹与志向,已是那样直白和明了,一"岂"字又更添了几许回味。

诗人"尽惆怅"的不仅仅是那份依依惜别的情谊,更是那份"心事违"的无奈与复杂的心境。是呵,身陷官场,污浊黑暗的现实,早已扼杀了那颗宁静的心，但又如刘长卿一样，虽然也有着"谁怜此别悲欢异，万里青山送逐臣"（《将赴南巴至馀干别李十二》）的感叹，然而个中的丝丝缕缕，又岂是简单的一个"退"字抑或是一个"进"字能够说得清道得明的。即便是百般的歆羡，即便是内心的疾呼，现实也只能是如此这般，徘徊无尽。

归隐，可以说是中国古代文人的一种情结。即便是胸怀"修齐治平"抱负的时候，也都存留着那个"解甲归田""荣归故里"的念想，而遁世之心背后的眷恋之情又有几人能知？一面狂唱着"众人皆醉我独醒"（《楚辞·渔父》），一面忧国忧民忧君。在仕与隐的分岔路口，往左是帝王的垂怜、同僚的猜忌、现实与理想的落差，往右是空幽的山林、物我两忘的平和、此生不再企及的抱负。这一小步的去留，难住了古今多少诗人士子，让他们在进与退之间举棋不定，拖沓难行。

世人皆知歧路多彷徨，却没想到，进与退一步的距离，却是再不相交的那么遥远。这个决心，孟浩然下了四十年。这次的跋涉，也耗尽了他一生的时间：

> 寂寂竟何待，朝朝空自归。
> 欲寻芳草去，惜与故人违。
> 当路谁相假，知音世所稀。
> 只应守寂寞，还掩故园扉。
>
> 孟浩然《留别王侍御维》

这是一首很寻常的告别诗。细细玩味，才发觉里面透着归隐的心念。这是孟浩然留下的眷恋，对友人王维，更对没有给他偏爱的大唐。

无论谁在怀才不遇的时候读到这里，都会有深深的认同感，或者想起自己的某段岁月。诗人有了归隐的想法，但又有些不舍，也感叹没有遇上发现自己的那双慧眼。不如就这样寂寞地守望，轻轻地掩上家里的柴扉。但随着门悄悄地关上，也同时关上了他入世的所有期冀。其实孟浩然并不是真的与世无争，他的内心深处也有恋世的情结。只是已经"黄金燃桂尽，壮志逐年衰"了，但即便至此也难免有"日夕凉风至，闻蝉但益悲"（孟浩然《秦中寄远上人》）的不甘。

仕与隐，一直都是困扰古代读书人最普遍的一个问题，几乎所有文人都在心里问过自己同样的问题。但大多数人的归隐是因为朝廷的黑暗或派系之间的排挤，而此时的孟浩然心里想着的却是身与心不能同步的问题。不知是诗人伤了朝廷的心，还是朝廷伤了诗人的心。在仕与隐这条路上，孟浩然最终还是选择了"苍苍竹林寺，杳杳钟声晚"（刘长卿《送灵澈上人》）般的归隐。

当然，在那个时代，不仅仅孟浩然归隐了，王维也归隐了，陶潜也归隐了。然而当他们悄悄关上柴门的同时，却仍然留着一丝缝隙，因为他们并不完全舍得与尘世作别，在他们心中的某个角落，还有一些红尘中飘浮的微粒，仍然显示着他们对世外充满了眷恋。

一别心知两地秋
怎样的船才能载你渡过时间的河

常言道"文以载道,歌以咏志,诗以传情",诗词之中无不情意绵绵,离别与思念同生,思念与寂寞并存。当春雨催生万物的时候,往往也会催生出一种情绪,于是就有了"寥落古行宫,宫花寂寞红"(元稹《行宫》)的感慨。当你独上西楼之时,听着帘外淅沥的雨声,远眺窗外雾蒙中的青山,感觉着时间的悄悄流逝,这种情绪也一样不能阻挡地会涌现:"庶情沿物应,衰弱羽之飘零;道寄人知,悯余声之寂寞。"(骆宾王《在狱咏蝉并序》)

"悲兮悲兮生别离,乐莫乐兮新相知"。(屈原《九歌·少司命》)离别是伤感的，思念是揪心的，所以也就少不了凄清缠绵和低回流连。这种情绪能出现在离乱之中，也一样会出现在日常的送别时刻：

> 丹阳郭里送行舟，一别心知两地秋。
> 日晚江南望江北，寒鸦飞尽水悠悠。
> 严维《丹阳送韦参军》

在丹阳城外的江边送别远行的客船，今天一别我终于知道了两地悲愁的滋味。天色很晚了，我仍站在江南望着江北，连成群的寒鸦也纷纷飞尽，各自归入巢中，天地间显得多么空阔、多么寂寞。只有那无尽的江水在无言地流淌，恰如我心中无限的忧愁。

别离使人愁，思念催人老。而离别又是无奈的，所以思念的无边也就促成了诗人前去追随的意愿：

> 水国蒹葭夜有霜，月寒山色共苍苍。
> 谁言千里自今夕，离梦杳如关塞长。
> 薛涛《送友人》

"蒹葭苍苍，白露为霜"（《诗经·蒹葭》）的水国之夜，笼罩在凄寒的月色之中，寒冷的月色与夜幕笼罩中的山色浑为一色，苍苍茫茫。今日开始了你与我的千里之别，从此我的梦随你而去，它能够跨过迢迢关隘，追随

〔明〕沈周《溪山泛舟图》

你到遥远的边疆。此时,只能有一份祈愿送给好友,那就是"隔千里兮共明月"(谢庄《月赋》)。

思念友人、亲人是寂寞的,"微斯人,吾谁与归"(范仲淹《岳阳楼记》)也是寂寞的。"学成文武艺,货与帝王家"(无名氏《庞涓夜走马陵道·楔子》)是文人墨客的梦想,"穷则独善其身,达则兼济天下"(孟子《孟子·尽心上》)更是读书人的做人准则,世世代代的读书人以此为发奋读书的动力。"十年寒窗无人问,一举成名天下知"(高明《琵琶记》)的幸运儿毕竟是少数,也正因为少,所以才有"春风得意马蹄疾,一日看尽长安花"(孟郊《登科后》)的得意之情。但大多数的读书人,只能以"独善其身"来安慰自己,落得个"才高心不展,道屈善无邻"(杜甫《寄李十二白二十韵》)那种郁郁而终的下场。所以,即便是自认为"我辈岂是蓬蒿人"(李白《南陵别儿童入京》)的诗仙李太白也一样,也有"多歧路,今安在"(《行路难三首》其一)的愤懑。满腔抱负无处施展是寂寞的,但他又有许多同病相怜的朋友,又是不寂寞的,所以他能执剑而去,游行天下。当他与杜甫告别的时候,悲情已经不在:

> 醉别复几日,登临遍池台。
> 何时石门路,重有金樽开。
> 秋波落泗水,海色明徂徕。
> 飞蓬各自远,且尽手中杯。
>
> 李白《鲁郡东石门送杜二甫》

没在一起待多久就要分手了，唯愿能在临行前再尽情地喝上一杯。鲁郡一带的名胜古迹、亭台楼阁差不多也都看完了，而我又多么希望以后还能这样一同游走。好友离别，仿佛转蓬随风飞舞，都将飘零远逝，令人难过。那么，就倾尽手中杯，以酒寄情，以醉作别吧！

李白于天宝三载（744）被赐金还乡离开长安，在洛阳结识了比他小十二岁的杜甫，两人一见如故，成为至交。天宝四载（745），两人重逢，同游齐鲁，共赏雁度秋空、日静无云。几天后杜甫要去奔赴自己的前程，两人在鲁郡东石门（今山东兖州城东金口坝）分手。李白与杜甫的友谊历来是被文人士子推崇的，但相聚短暂，所以交往并不是很多。究其原因，原来是相识就已太晚，而作别又很匆匆，有了这首诗之后，他们就如刘禹锡说的"九陌逢君又别离，行云别鹤本无期"（《送廖参谋东游二首》其一）那样，从此再也没有相见。其实，再好的朋友同住一城，也不是每天都要见面，即便是多日不见也未必就会生出多少思念之情，有如"非君不见思，所悲思不见"（谢朓《别王丞僧孺》）一样，但是如若从今远别，一在晋安，一在建康，相隔千里，情谊便被拉长。于是，日久思而不见，内心自然会由当初的"郁纡将何念"（曹植《赠白马王彪》）进而生成"伤离复伤离"（郑若庸《玉玦记·送行》）的悲怆了。

后来有一天，李白站在汶水河边的沙丘城下，想起了与杜甫相聚的日子，而自己当时却已形单影只。他不禁恍然，我为什么还要到这个地方来呢？朋友一走就只剩下城边的一棵老树，只有日落时分萧瑟的风声相伴了。一个人独饮薄酒怎能尽欢？一个人独听齐歌如何尽情？一股思念的情愫突然开始发酵，于是又写下了一首《沙丘城下寄杜甫》：

> 我来竟何事，高卧沙丘城。
> 城边有古树，日夕连秋声。
> 鲁酒不可醉，齐歌空复情。
> 思君若汶水，浩荡寄南征。

沙丘城，位于山东汶水之畔，是李白在鲁中的寄寓之地。汶水，发源于山东莱芜，西南流向。杜甫在鲁郡告别李白欲去长安，长安也正位于鲁地的西南。所以诗人说："我的思君之情犹如这一川浩荡的汶水，日夜不息地紧随着你悠悠南行。"诗人寄情于流水，照应诗题，点明主旨，那流水不息、相思不绝的意境，更造成了语尽情长的韵味。这种绵绵不绝的思情和那种"天边看渌水，海上见青山。兴罢各分袂，何须醉别颜"（李白《广陵赠别》）的大气磅礴一样，开阔而洒脱。沙丘、夕阳、美酒、流水，将自古多情的相思描写得荡气回肠。

杜甫是李白的知音，离别之后，他只能把对李白的感情用更多的诗写进他日后的思念里。当然，李白也在思念，只是他更为放达，脚步也就更为坚定，所以其后他还在不断地获得更多的相知、更多的相惜和更多的相忆，于是便不断地在更远的地方结识新的朋友，然后又在不同的场景再送别那些相处时间并不算很长的老朋友，再写下他的一首首《送友人》：

> 青山横北郭，白水绕东城。
> 此地一为别，孤蓬万里征。
> 浮云游子意，落日故人情。
> 挥手自兹去，萧萧班马鸣。

　　送行人与远行人骑马缓缓而行，百转千回的驿道，让他们怎么也走不出彼此都不愿收回的目光。亦如刘长卿说的那样，"相送天涯里，怜君更远人"（《送张起、崔载华之闽中》），送了一程又一程。山峦青翠，城墙横亘，波光粼粼，时光如逝。浮云飘游在各自的心头，徘徊着一片天空的凄楚。夕阳栖息在峰峦的顶上不忍落下，而把他们的身影拉得很长很长。一个人望着另一个人，把心装在了另一颗心里。一匹马望着另一匹马，声声长鸣。在他们挥手离去的刹那，终于有一阵落雨，打湿了春天的背景。

　　同样因为哀伤，李白在送别孟浩然的时候，感情也一样表现出跌宕起伏的波动。面对着波涛滚滚的江水，他看着孟浩然远去的背影，一直伫立在黄鹤楼上眺望。而孟浩然带着李白的牵挂远行，也使落魄变成了满载而获，就像诗人舒婷在《双桅船》中写的那样，"你在我的航程上，我在你的视线里"。他告别了仕途，却收获了友谊。对人生来讲或有遗憾，然而对历史来说却都走向了伟岸。

　　朋友走后，李白用一尊独立于黄鹤楼上久久不愿离去的静态雕像，来表达送走孟浩然的孤寂之感，他虽然没写半点离愁别绪，但那滔滔江水，恰如滚滚春愁，浓得再也化不开了。人们常说古代人表达感情是含蓄的，但其中

也有很多直抒胸臆的诗句,将互相的倾慕与喜爱表达得淋漓尽致,如李白的《赠孟浩然》:

> 吾爱孟夫子,风流天下闻。
> 红颜弃轩冕,白首卧松云。
> 醉月频中圣,迷花不事君。
> 山高安可仰,徒此揖清芬。

他说孟浩然年轻的时候就放弃了仕途,老了更是与松林为伍,每日开怀畅饮,独得其乐。而这份超然于世外的美德,就犹如清香的花朵散发着迷人的芬芳。

李白生性浪漫、自由,虽早年热衷于建功立业,但内心却充满了对田园生活的向往。而作为隐士的孟浩然,年轻时也曾求取功名,不第后便欣然归隐,过上了安贫乐道的"神仙"生活,且终生不再出仕。他能够布衣终老却闻名天下,其才学和修养,自然都是人间翘楚。在李白的眼里,不管他是权贵,还是普通百姓,抑或是已经不食人间烟火的"神仙",这都不重要,重要的是他是自己的知心朋友。

朋友,多么好的称谓,因友而朋,但朋而难往的时候,便都会让人生出"无为在歧路,儿女共沾巾"(王勃《送杜少府之任蜀州》)的感叹。但他们却总能设法走出"秋风两乡怨"的悲情,而给人以"秋月千里分"(范云《送沈记室夜别》)的寄寓:

高山首題万仞野木
棲逢天渺苔隱
指携更遠壁書巖
瓢飄聚星漢隱出
雲霞鮮錯魚有
遺音下自泠風傳
神仙記披定方漆
未然膝靜巖裏得
至嘯然與奇賞緣
弘治元年春仲
石田生沈周併作

〔明〕沈周《高山隱居圖》

> 望君烟水阔，挥手泪沾巾。
> 飞鸟没何处，青山空向人。
> 长江一帆远，落日五湖春。
> 谁见汀洲上，相思愁白蘋。
>
> 刘长卿《饯别王十一南游》

朋友登舟远去，小船行驶在"两岸苍烟合，长天碧水秋"（王尔鉴《黄葛晚渡》）的江流之中。诗人远望雾色空蒙的江面，频频挥手，表达自己的惜别之情。此时，青山如黛，依依向人，而江岸上却只留下诗人自己，以致离思情深，悠然不尽。

情深的还有高适，他的《送田少府贬苍梧》，也一样道出了心中的哀伤：

> 沉吟对迁客，惆怅西南天。
> 昔为一官未得意，今向万里令人怜。
> 念兹斗酒成暌间，停舟叹君日将晏。
> 远树应怜北地春，行人却羡南归雁。
> 丈夫穷达未可知，看君不合长数奇。
> 江山到处堪乘兴，杨柳青青那足悲。

默默地对着将要去往蛮荒的朋友，满怀惆怅地望着西南的天空。原来你在京城做高官时从不骄纵，现在被贬到万里之外的苍梧显得格外可怜。我一想到这点就替你难过悲伤，看着天已接近傍晚，让船停下来和你一起痛快地喝些酒。远处的树应该怜惜北方的春天，行人却羡慕向南飞去的大雁。大丈夫的贫困与通达都是未知数，你有这样高贵的人格与才华，随时都有可能被再次重用。你看大江南北到处春意盎然，青青杨柳生机勃勃，今日你我离别根本没有必要悲伤。

朋友在时，结下了友谊，朋友走后，留下了思念。每当忆起远隔一方的友人，他便是你心中"两乡默默心相别"（白居易《除官赴阙留赠微之》）的情愫。有了他，你会觉得这个世界上阳光很多，欢笑很多，想念很多，人生的细节也很多。因为友情，重在一份情。可能再没有哪个民族能把朋友看得如此之重了。当我们终于开始浪迹天涯、闯荡江湖的时候，相逢与分别便不断上演，让我们开始品尝生离死别的滋味。或许本来我们并不很在意情意，因为我们正在开创自己的前程，似乎人生的意义就是不停地奔波，直到有一天午夜梦回，突然感受到些许的孤单，这时候才发现，原来所有的收获只有有人分享才能算作圆满。秋阳依然明清皎然，而那些曾经被我们菲薄的流年却仍是"瞬眼而辄空"（陈继儒《小窗幽记》）地穿梭而过，只需片时的驻足，即可让人忘却了此生安在。人生的浮想如同长河落日，而心头涌起的情思又宛若大漠孤烟，然后，经由"倚遍阑干""连天芳草"（李清照《点绛唇》），便会生长出无边的寂寞。生活日复一日地去芜存菁，时光的河流也在不断裂帛，正是那种穿透史页的离情，将迢迢远隔的缅怀与思念，立成了浩渺相望的堤岸，也立成了传唱千古的传说。

离别的诗境里，总有悠扬的情感，带着幽怨，声线略低但不失空灵，宛

别情　宦游路上的时代悲歌

若寒露落入空谷清潭，留下了淡淡回响，溅起播散而远的水波。然而，不论是幽怨还是空灵，都不带有太多的颓丧，而是由弱音奏响，然后又缓缓向上：

> 长亭外，古道边，芳草碧连天。
> 晚风拂柳笛声残，夕阳山外山。
> 天之涯，地之角，知交半零落。
> 一杯浊酒尽余欢，今宵别梦寒。
> 长亭外，古道边，芳草碧连天。
> 问君此去几时来，来时莫徘徊。
> 天之涯，地之角，知交半零落。
> 人生难得是欢聚，唯有别离多。
>
> 李叔同《送别》

古道蹒跚，一如风尘中我们在行走，忽而上行，忽而下转，绵绵延延、百转千回，莽莽苍苍、凄凄迷迷，有如"秋草不堪频送远，白云何处更相期"（李益《送贾校书东归寄振上人》）一般，诉说着离别的忧伤。缓慢的旋律、惆怅的思绪，终于从荒草丛生的山涧里倾泻出来，摇曳出了一串悠悠的歌声。